UM OLHAR PARA ALÉM DO COTIDIANO
CONTOS URBANOS & OUTROS QUE TAIS

Editora Appris Ltda.
1.ª Edição - Copyright© 2023 da autora
Direitos de Edição Reservados à Editora Appris Ltda.

Nenhuma parte desta obra poderá ser utilizada indevidamente, sem estar de acordo com a Lei nº 9.610/98. Se incorreções forem encontradas, serão de exclusiva responsabilidade de seus organizadores. Foi realizado o Depósito Legal na Fundação Biblioteca Nacional, de acordo com as Leis n°s 10.994, de 14/12/2004, e 12.192, de 14/01/2010.

Catalogação na Fonte
Elaborado por: Josefina A. S. Guedes
Bibliotecária CRB 9/870

G326o
2023

Genecco, Irene
  Um olhar para além do cotidiano : contos urbanos & outros que tais / Irene Genecco. – 1. ed. – Curitiba : Appris, 2023.
  105 p. ; 21 cm.

  ISBN 978-65-250-4201-5

  1. Contos brasileiros. 2. Introspecção. 3. Transcendência. I. Título.

CDD – B869.3

Editora e Livraria Appris Ltda.
Av. Manoel Ribas, 2265 – Mercês
Curitiba/PR – CEP: 80810-002
Tel. (41) 3156 - 4731
www.editoraappris.com.br

Printed in Brazil
Impresso no Brasil

Irene Genecco

UM OLHAR PARA ALÉM DO COTIDIANO
CONTOS URBANOS & OUTROS QUE TAIS

FICHA TÉCNICA

EDITORIAL
Augusto Vidal de Andrade Coelho
Sara C. de Andrade Coelho

COMITÊ EDITORIAL
Marli Caetano
Andréa Barbosa Gouveia (UFPR)
Jacques de Lima Ferreira (UP)
Marilda Aparecida Behrens (PUCPR)
Ana El Achkar (UNIVERSO/RJ)
Conrado Moreira Mendes (PUC-MG)
Eliete Correia dos Santos (UEPB)
Fabiano Santos (UERJ/IESP)
Francinete Fernandes de Sousa (UEPB)
Francisco Carlos Duarte (PUCPR)
Francisco de Assis (Fiam-Faam, SP, Brasil)
Juliana Reichert Assunção Tonelli (UEL)
Maria Aparecida Barbosa (USP)
Maria Helena Zamora (PUC-Rio)
Maria Margarida de Andrade (Umack)
Roque Ismael da Costa Güllich (UFFS)
Toni Reis (UFPR)
Valdomiro de Oliveira (UFPR)
Valério Brusamolin (IFPR)

SUPERVISOR DA PRODUÇÃO
Renata Cristina Lopes Miccelli

ASSESSORIA EDITORIAL
Tarik de Almeida

REVISÃO
Simone Ceré
Nathalia Almeida

PRODUÇÃO EDITORIAL
Jibril Keddeh

DIAGRAMAÇÃO
Renata C. L. Miccelli

CAPA
Michael Grotti
Bruno Nascimento

REVISÃO DE PROVA
Isabela Bastos

PREFÁCIO

É com enorme gosto e honra que me apresso a compor um curto Prefácio para o livro *Um olhar para além do cotidiano* que é uma obra, na minha leitura, de autoconhecimento e de viagem para o interior do eu. Parte de elementos contextuais, de múltiplos espaços e tempos, reais e virtuais, que desencadeiam a reflexão e a procura de respostas significativas para o sujeito aprendente em um mundo cheio de *velhos* e *novos* desafios. Mas há algo especial que me prende como leitora: o mapa conceitual que sustenta os vários textos literários e a coerência interna de um articulado de momentos que se encaminham para uma crescente e profunda interioridade. A desenvoltura da escrita, desde logo pela coragem e frontalidade com que a autora assume problemáticas com as quais nos identificamos e sentimos como nossas e, também, a complexidade analítico-narrativa cruzada com a abordagem poética que escolheu enlevam-nos em caminhos ora sombrios, ora esperançosos, entre o mundo imaginário e o mundo real.

A obra de Irene Genecco olha para o sujeito numa visão sistémica e ecológica que, refletindo a crise da modernidade, desloca-se para cenários múltiplos, transitórios, fluidos, rápidos e ou *líquidos*, como tão bem expressa o sociólogo Zygmunt Bauman. Este livro mostra o conflito interno do sujeito na *interface* com vários elementos contextuais que desencadeiam muitas sensações e reações, que acima de tudo abalam princípios e construtos de vida passada e que se ressignificam continuamente. Entre o espaço individual e o social, o sujeito, num tempo de transição, reconfigura permanentemente o seu eu à luz de novos quadros referenciais como é o caso do mundo virtual, dos seus desafios e perigos em que se sente aventureiro, mas, também, da nostalgia de suas memórias que são relembradas e organizadas em novos sentidos. *Um olhar para além do cotidiano* é essencialmente uma obra que nos convida à conexão. Mas que conexão?

Hoje sabemos que a comunicação em rede é tida como essencial para o desenvolvimento individual e coletivo. Um mundo em rede que integra múltiplos sujeitos em solitude. Um mundo *líquido* em que tudo é "escorregadio" e fácil à distância de um click. As emoções são confusas e difíceis de gerir porque são rápidas e perdidas nos distintos espaços movidos a *bites* e *emojis* mecanizados e padronizados. Partimos, pois, para o campo emocional mediados por máquinas que não funcionam como organismos vivos e que não têm as memórias que tão bem a autora revela na dimensão humana e que, a meu ver, reforça na sua obra. As sensibilidades que os seres humanos carregam, ao longo das suas histórias de vida, e que os distanciam da esfera das máquinas importam e Irene Genecco conduz os leitores por esse universo, repleto de emoções e sensações, levando-os, também, a sentirem-se parte integrante da caminhada de introspeção. Por outro lado, a junção da palavra com a música induz a que o trajeto que o leitor faz, enquanto percorre a obra, seja emocionalmente vivido resultando do cruzamento de diferentes perceções e informações de sentidos distintos.

Desde a crise anunciada no primeiro conto com *Me adiciona no teu MSN (de novo)* passando pelos conflitos do *eu* vivido e do *eu* sentido, expressos ao longo dos vários contos, embora que em distintos recortes de vida individual ou social e em diferentes faces da vida humana, chegamos aos últimos contos que nos remetem para tentativas de resolução das tensões. A viagem de crescimento emocional culmina com o último conto *Entre dois mundos*. Das várias crises e tentativas de reorganizar os pequenos fragmentos de memórias que integram uma dimensão física e real com uma outra repleta de *imagens* entre o imaginário e a fantasia, o sujeito tenta chegar a um tempo espiritual de interpretações variadas que constitui um ponto de chegada e, em simultâneo, um novo ponto de partida...

Os vários textos literários constituem, aparentemente, fragmentos dispersos, mas que a autora integra num sentido estruturante e estruturador fazendo emergir a necessidade que o sujeito tem de se encontrar consigo próprio, de forma calma, serena e lenta, em contraponto com o contexto externo movido a uma velocidade vertiginosa e em grande mutabilidade. Não querendo, pois, desvendar mais de uma obra literária que provoca o questionamento sobre a essência da vida humana, renovo, junto do leitor, o convite para esta viagem de conexão *com Um olhar para além do cotidiano.*

Dora Fonseca

Professora do Departamento de Educação e Psicologia
Área de Políticas e Administração Educacional
Universidade de Aveiro, Portugal.

APRESENTAÇÃO

O que mais o autor deseja é ser lido e o que mais o leitor espera é encontrar-se no que lê. A leitura estabelece uma conexão virtual em si mesma, você não precisa clicar na sua mente para disparar uma infinidade de links. A palavra realiza com plenitude o milagre da conexão entre diversas dimensões, principalmente na escrita, pois oferece tempo para divagar nas entrelinhas. *Um olhar para além do cotidiano* se desdobra em pensamentos, ora em ondas gigantes, tentando surfar sem tombar no abismo das decepções, ora na rasura da maré baixa de um simplesmente vagar na errância de um dia a dia. O hábito de ler fermenta nossos pensamentos em novas ideias. No livro, viajamos na energia e no poder da palavra, objetiva ou subjetiva, conforme o impulso da emoção. Viver o imaginado em palavras tecidas no ato de escrever é terapêutico, e no ato de ler também. Escrever é compartilhar experiências com o leitor, de modo que possa também fecundá-lo em desejos, alegria, liberdade, fantasias e sonhos diante da beleza da vida, nem sempre tão explícita. Escritor e leitor se complementam, um não existe sem o outro. Algo comum entre ambos é o olhar além da banalidade, no desejo de transcender o cotidiano. Uma visão turvada por uma rotina estéril não vê cores, se automatiza e se funde ao hardware do dia a dia. Talvez, venha daí esta alienação viciada em telas e redes sociais, que se alastra e se enraíza velozmente. Um olhar impessoal monocrômico cinzento converte-se em frustração e vazio existencial, numa rotina estéril e asfixiante. Vai abrigando preconceitos e moralismos que aprisionam e nos roubam o futuro. Um olhar para além do cotidiano requer curar o astigmatismo funcional, visão embaçada, para perto e para longe, causada pelo abdicar de si mesmo nas relações com a vida e com o mundo. A cura de uma visão de mundo distorcida é alcançada com doses de esperança, confiança, persistência e amor, todos os dias.

Boa leitura!

Dentro ou fora de mim, todos os dias acontece algo que me surpreende, algo que me comove, desde a possibilidade do impossível a todos os sonhos e ilusões. É essa a matéria da minha escrita, por isso escrevo e por isso me sinto tão bem a escrever aquilo que sinto.

(José Saramago)

SUMÁRIO

ME ADICIONA NO TEU MSN (DE NOVO) 15
   I – Clica no link, please! 15
   II – Do site de relacionamento ao MSN 16
   III – Links e recados off, on, e Face... 20
   IV – Dos diálogos finais no MSN 22
   V – Mundo hardware 28

ESTAÇÃO TEMPO 32

DESCOMPASSO 35

PERSPECTIVA 40

O BURRO BELEZA 42

MARIA FUMAÇA 45

CICLO URBANO 47
   I – Uma via 47
   II – Outra via 48

PARTO DE RUA 51

RELATIVIZANDO 54

A DOR DOS 40 NA DÉCADA DE 90 59

O FANTASMA DO BRECHÓ 61

PONTO AVESSO 63

O MUNDO NO FUNDO DO MEU PÁTIO 67

O MURO 69

O PESADELO DE LOLITA 74

PSEUDÔNIMO 80

O ENCONTRO 83

JUÍZO FINAL (TÍTULO INICIAL) 87

CONCEPÇÃO 89

ENTRE DOIS MUNDOS 92

I – Em alhures 92

II – Língua estranha 95

III – Miríades de mim 98

IV – A unificação 102

ME ADICIONA NO TEU MSN (DE NOVO)

I – Clica no link, please!

Meu caríssimo Z,

envio este link para compartilhar contigo momentos muito importantes que vivi neste curto espaço de tempo em que trocamos mensagens pela internet. Confio que a tua gentileza seja maior do que algum rancor, ou lembrança negativa da minha pessoa, e te disponhas a clicar e ler o conteúdo.

Se envio por meio de um link e não em mensagem direta, é porque estou respeitando teu espaço de talvez não querer ler o conteúdo, mesmo que apenas num relâmpago de um título, dada a forma precipitada de meu rompimento contigo.

Se temes que isto seja algum vírus planejado por mim para rebentar o teu computador, podes clicar em outro endereço, inclusive buscar meu blog no "tio Guga" (nome carinhoso do Google). Mas abrir este link te trará momentos de descontração e humor, e talvez isso te leve a rir de tudo e esquecer qualquer sombra de desconfiança sobre minha pessoa. Está lá, no nosso espaço virtual, e podes pensar um pouco antes de deletar sem ler.

Reunindo dados do site de relacionamento, e somando coisas nossas que extrapolam em muito apenas aquele espaço virtual de encontros, acabei fazendo um "conto", em nossa homenagem. Despretensioso, mas que fala desta coisa relâmpago que passou, e, pelo menos na minha vida, deixou rastros significativos. Despretensioso, porque não tenho a intenção de que venhas me procurar, ou que me adiciones de fato no teu MSN, de novo... Mesmo porque fui eu que te deletei, num impulso maldito de ter a primazia de um possível fora, que me parecia de contínuo estar à mercê.

É também uma forma delicada, leve e romântica de falar literariamente sobre as transformações que sofremos em todo o contato humano, até mesmo, ou ainda mais, na forma virtual. Te encontrar foi muito importante para mim, no âmbito da minha pretensão de recomeçar uma vida de relação amorosa. Mesmo que fosse apenas amizade entre um homem e uma mulher já me seria caro, pois na minha adolescência, tempo esperado para que isto acontecesse, nunca aconteceu.

Entretanto, tenho agora o privilégio de viver neste tempo, que me proporciona tantas oportunidades interessantes, audaciosas e lindas. A audácia, nisso tudo, foi o que me atraiu magneticamente a me aventurar no mundo virtual. De qualquer forma, se leres, ou não, agradeço pelo que de bom me fizeste, mesmo que talvez sem saber. Achei que merecias saber.

Té a próxima... por aí, se assim for.

II – Do site de relacionamento ao MSN

Caro Z, foi uma aventura entrar naquele site de relacionamento. Fiz o cadastro primeiro no B2. Quando falei para minha filha, disse BEDOIS. Ela exclamou, um tanto baixinho, meio rindo e sem querer me humilhar:

— Não é BEDOIS, mãe! É BETWO! *BITWO!* Seja dois, tipo assim, para estimular uma busca de companhia, entendeu?

Entendi. Mas daí, resolvi entrar em mais um site também: POF! Me parecia mais cheio de humor. Como uma bolha de sabão que rebenta, a esmo, POF! Ou esbarra no obstáculo de uma concretude, como um soco na cara, bem no âmago do teu ego, se tu te ferras na busca... POF!

Vai daí que te encontrei nesta suposta bolha. Perfil descolado, charmosão, e, pasmem, sabia escrever e resumir o que queria! Depois de ralar pelos sites, encontrar muita vulgaridade, baixo QI, recados pornográficos, ou intenções desbragadamente explícitas, só pude saltar, quando te encontrei: é este!

Recados do site:

1 – Z quer conhecer você! Clique abaixo para ver o perfil de Z:

"Procuro alguém para curtir e viver grandes emoções, dentro de uma relação de respeito, sinceridade e acima de tudo fidelidade. Se ambos têm a cabeça aberta, o espírito livre, o sentimento de comprometimento e sabem preservar cada um o seu espaço, viver em casas separadas é uma opção a ser bem avaliada. Fotografia, passeios, praia, cavalgar, curtir o pôr do sol, a natureza e qualquer lugar onde dois amantes tornem este local mágico. Busco uma companheira que queira compartilhar todos os bons momentos da vida nesta idade, que seja carinhosa, livre, divertida, goste e tenha uma boa pegada e espírito jovem e solto."

Wow, Wow, Wow!!!! Flutuei... Pisquei para ti, nas opções de recadinhos. Respondeste, respondi, em réplicas e tréplicas, que felizmente, para mim, desembocaram no MSN. Aí começou minha saga de doidivanas virtual...

Mais recados do site:

2 – Dia 15/8 – Z adicionou você na lista de favoritos dele (a), em 2012-08-15 às 06:44:07 PM (PST)!

— Uebaaa!

Pensei: bom, se eu não marcar presença, com admiradoras aos borbotões que devem ter chovido lá para ele... não tenho vez! Simples assim. Melhor, simplório! Marinheira de primeira viagem na maré virtual. Claro que por trás disso já se escondia esta coisa boba de ser beliscada pela insegurança.

Afinal, para que mesmo é que a gente quer se sentir seguro? Para em seguida enjoar a mesmice do dia a dia? A emoção da vida não está muito em ser trapezista? Em dar um pulo no escuro? Embora viver não seja exatamente um circo, e o que ninguém queira nunca é ser feito de palhaço! Mas, mesmo no trapézio artístico, é preciso sentir um tanto de segurança e confiança para se jogar. E isso brota de trabalho e de caminho construído em parceria. Isto é, coisa ao vivo, amarrada a um certo tempo de convívio. Nunca vai brotar apenas de coisas virtuais... nunca!!!

Mas eu não sabia disso, assim, em carne e osso, das manhas do virtual. Para teres uma ideia do nosso percurso, tive o cuidado de copiar do site e registar no Word algumas passagens, em alguns momentos, tendo o cuidado também de preservar até mesmo todos teus erros gráficos ou gramaticais:

Tu – Dia 15/8 – Oie, K! Não sei se ao abrires este será de manhã, a tarde ou a noite. Isto não é importante. O fundamental é que vc já está adicionada no MSN, para podermos falar, se assim o desejar. Agradeço a gentileza e a confiança de enviar teu e-mail. Fico no aguardo de seu contato, confirmação no MSN, ou pelo site. Temos afinidades, além de uma série de compatibilidades, o que torna o contato bastante interessante. Agradeço o carinho do trevo (falas das 4 folhinhas verdes, disponível no site para trocarmos gentilezas reciprocamente) e gostei muito de sua maneira, escrevendo, compondo ou montada na tordilha (foto que postei no site ou no Face, já nem lembro) está uma prenda de tirar o folego.

Um beijo a vc e aguardo. Z.

Eu não parava de vibrar! Uaushuashuaush!!!

Daí, a seguir, tivemos nossa primeira comunicação, pela chamada de vídeo, no MSN. Tu sentado, na penumbra, com uma taça de vinho, eu meio embasbacada, atabalhoada. Mesmo assim, amei! Fui dormir feliz, com as veias pulsando. Será verdade? Tanta simplicidade e espontaneidade me levavam às nuvens. Conversar sobre comida, sobre o dia, sobre os afazeres, falar sobre abobrinhas, vinhos, filhos, era o *must*!

Mas o próximo contato ficou sem demarcação. Isto já me criou um desconforto. Bom, será que uma pessoa que está interessada em outra, num site, fica assim, esperando mais de uma semana para se comunicar novamente?

Mas na terça-feira seguinte, tu estavas lá, OOONNN! Muito mais legal do que qualquer outro "ON", até mesmo do que o "OM" celestial da meditação. Porque este unifica o universo fraternal indiscriminado, mas aquele estava unificando a minha identidade, debutando neste mundo virtual. Me senti de repente num salto XV!

De novo, entretanto, o próximo contato ficou à revelia do acaso. *No me gustó...* Desta forma achei por bem que então eu DEVIA marcar presença, se não quisesse perder nossos contatos. E isto me foi muito gostoso, porque procurar coisas lindas, textos, poesias, músicas para te enviar era uma diversão por demais emocionante. Era como brincar de ser criança, de certa forma. E acordar nossa criança nos rejuvenesce e nos empolga demais.

Uma das coisas mais interessantes que aprendi na filosofia existencialista é que nos é impossível ignorar que somos conscientes de sermos conscientes. Eu sabia que estava torta aquela forma minha. Me dava uma sensação de perseguição. De chiclete. De coisa descabida, inadequada. Mas me fazia de sonsa para mim mesma. Falava com minha filha e ela dizia, pelo telefone:

— Mãe, tu vai espantar o homem! Dá espaço pra ele! Eles não gostam disto, querem sempre ter a iniciativa.

Mas eu achava isso tão antigo...

Alguns dias depois, resolveste me ligar, logo depois do meio-dia, para o meu trabalho. Dei pulos! Era uma criança que via de repente Papai Noel, de verdade! Naquele dia mesmo, de noite, na minha casa, aproveitei o gancho da tua ligação e te liguei de volta. Te convidei para comer uma salada na minha casa. E aceitaste! Fiquei pasma. E vieste! E ficamos três horas consecutivas vendo pane no meu computador, vendo meus foto livros e tuas fotos lindas no Sky drive. Foste perfeito cavalheiro, gentil, educado, comedido. Sem ultrapassar. Mais do que eu desejaria e imaginara... Mas não seria eu a tomar iniciativas.

Depois disso, no entanto, sumiste por 10 dias!!!! Te mandei um torpedo com uma frase no dia seguinte: "Bom findi para ti. Bju". Não respondeste. Fiquei por demais ansiosa. Mas me voltei para o virtual, que afinal era o único caminho que me restava.

III – Links e recados off, on, e Face...

Depois de enviar algumas músicas menos expressivas, e alguns recadinhos em off, sem obter respostas, te enviei um link da Vanessa Mae, Storm[1]:

Em seguidinha me respondeste, agradecendo o lindo espetáculo. Bom, finalmente tinha alcançado um pouco das tuas preferências, ou simplesmente do teu gosto musical, ainda que parcialmente. Cada vez que eu vasculhava o YouTube, me fascinava com descobertas de lindas músicas, algumas que nunca tinha tido a felicidade de ouvir. Outras, tinha o prazer enorme de voltar a escutar e me deliciar com a harmonia de melodias clássicas e populares. Isto me trazia de volta um tempo, onde eu sonhava e me extasiava com a arte simples de ouvir uma música e dançar sozinha. Abraçar-me e alçar altos voos levava-me ao encantamento puro de sair de mim, numa louca fantasia de ser aplaudida num palco. Minha formação musical, da infância à adolescência, sepultada há mais de 30 anos, desabrochava novamente, e escapulia de um

---

[1] https://www.youtube.com/watch?v=mdFrn89x74k&ab_channel=Vanessa-Mae. Caso o link não responda mais, procurar no YouTube pela música e artista: "Storm" – Vanessa Mae.

baú lacrado a ferrugem. A magia de lindas melodias desentranhava do meu âmago sentimentos ímpares. Aflorava um eu mesma que teimava em enterrar-se num eterno impossível. Era como estar ressuscitando.

Encontrei, desta feita, uma música esplêndida, na doçura do francês, que sempre me encantou, quando no ginásio, mas que nunca levei adiante os estudos, pela falta de utilidade no mercado de trabalho. Tomada pelo encanto da pronúncia sussurrada, e macia, escutei de novo, e de novo, e de novo... e te mandei[2]:

Depois encontrei uma em espanhol que adoro, da mesma forma, o som doce das palavras. Mas esta não quis enviar, porque me soava como um hino aos meus sonhos. Na letra dizia tudo o que eu mais gostaria de representar para um homem, mas achava por demais impossível. Sua letra declarava muito sobre mim, ou pelo menos sobre o eu que me julgava. Eu que de fato conhecia todas as guerras, da vida e do amor (quase todas), e que sabia que, mesmo que tudo destroçado, poderia me refazer, porque como num sopro eu voltava a recriar, como se nada houvera, como se nada... Guardei tanta grandeza sobre mim para mim mesma. Mas agora te revelo, já que está tudo destroçado, mesmo:

Y yo que hasta ayer solo fuí un holgazán

Y hoy soy el guardián de sus sueños de amor

La quiero a morir

Podeís destrozar todo aquello que veís

Porque ella de un soplo lo vuelve a crear

Como si nada, como si nada

La quiero a morir

---

[2] http://www.youtube.com/watch?NR=1&feature=endscreen&v=KUXGVfmrEN4.Caso o link não responda mais, procurar no YouTube pela música e artista: "Belle" – the original cast (Garou, Daniel, Patric).

Escuta, agora[3]:

Depois disto enviei trocentas mensagens em off, ou on. Já nem me importava mais a situação, ou o "status". E tu foste escorregando... escorregando... e te sumiste! E teve o final que teve, que bem sabes. Aquele vídeo que te enviei, acabando o que nem sequer tinha começado. Porque acabar primeiro é sempre mais seguro, ainda que precipitado. Ser rejeitado dói demais. Ninguém merece. Mesmo que isto provenha só da cabeça da gente. Porém, a mim me parece que existe uma linha tênue entre a liberdade numa relação fluida, e a indiferença, porque facilmente isso se transforma em desprezo, em qualquer mundo, virtual ou físico.

IV – Dos diálogos finais no MSN

Tu – (dia seguinte da gente se encontrar ao vivo, na minha casa) – na tua janelinha do "Compartilhar", no MSN: "Um brilho nos olhos certamente encanta o olhar, mas uma personalidade interessante encanta o coração..."

Putz, quase que nem vi isto. Seria um recado? E se fosse, seria pra mim? (A ignorante total aqui nem sequer sabia que aquela janela era só nossa)... Bom, de qualquer modo, me era melhor pensar que sim, era para mim!!!! E então...

Eu – em OFF, pra mim mesma, no meu quadrado – Uhuuu!

Depois disto, vários dias de sumiço teu, postaste algo sobre comercial de Android... já me causava náuseas de tanto ler aquilo, no Face, ou na janelinha do MSN. Engolir desprezo e indiferença dá distúrbios no estômago.

De repente...

Tu – De que valem olhos lindos, se quando os lábios se encontram eles se fecham? (mais ou menos isto, porque aí

---

[3] https://www.youtube.com/watch?v=CcN4vO5GSFE&ab_channel=ElBa%C3%BAIdelasCanciones. Caso o link não responda mais, procurar no YouTube pela música e artista: **"Éxitos"** – Francis Cabrel.

ainda não me tinha ocorrido guardar tuas mensagens com "copiar— colar")...

Eu – em OFF, deixando o recado pra ti, diretamente: "Beijar de olhos abertos é o *must!*"

Depois disto, silêncio e OFF total por alguns dias... De repente... na janelinha do compartilhar, no MSN:

Tu – Se o toque dos lábios for intenso, se o beijo for apaixonante, e os olhos se encherem d'água, neste momento perceba: existe algo mágico entre os dois.

De imediato, no OFF do MSN, disse direto pra ti:

— Para ser sincera, a única coisa que percebo, depois disto tudo, é que estou cansada de beijar o travesseiro...

Sem novidades por poucos dias... Decepcionada com a falta de resposta imediata... na janela do MSN:

Eu – Tese, antítese, síntese – dialética filosófica. Encantar-se, desencantar-se, realizar-se – dialética do viver.

Depois de 3 dias sem resposta:

Eu, na janelinha do MSN:

Si j'avais des ailes comme l'oiseau {bis

Ça serait bon, ça serait beau

Mais je pourrais tomber

Et sur le rocher.

Et casser le nez.

Música de trocentos anos atrás, tempos da minha adolescência, falando de voo de pássaros e de suas quedas nas rochas, e sobre quebrar o nariz...

Depois disto, em OFF, para mim:

Tu – Oie Bom dia. Estava a responder a mensagem recebida quando a internet que nunca cai, caiu. Pensando sobre o colocado, encontrei da mesma forma as palavras que poderiam retornar em uma forma figurada e metafórica de também explicar o mesmo. Este texto irá em duas ou três partes:

Ainda tu – Ao propor uma tese, e expor ideias opostas, e no diálogo contrapondo com ênfase em argumentos, também sinto no travesseiro, abraçado, beijando e afagando, vejo que o teu encantar, desencantar é na realidade do viver a busca dos ângulos da vida,

Ainda tu – caminhos paralelos em momentos perpendiculares, extensões graduais por retas desconhecidas, um momento mágico. Complementando: alce voos e alcance horizontes, os pássaros só caem sobre rochas quando abatidos ou extremamente doentes não puderam pousar. São momentos raros e mágicos até chegar as alturas.

Depois de rir muuuito do estrafego das tuas palavras (momentos perpendiculares???), fiquei preocupada. Liguei para minha amiga e perguntei: "Será que destrambelhei a criatura?"

Daí ficamos ambos on.

Z diz – oie boa noite tudo legal com todo este temporal...

K diz – oi, sim, cheguei há pouco

Z diz – muita chuva, vento nesta terra

K diz – pois é, mas ainda bem que o frio não voltou

Z diz – bom para as barragens, agricultura, pastagens e limpar a poluição.

K diz – siiim! sempre bom ver o lado bom das coisas

Z diz – frio só depois da parada da chuva na 4ª feira, mesmo assim só a noite

K diz – sim, puxar um cobertorzinho apenas, de dia andar de sandalinha é bom, apesar deu adorar botas, única coisa que aprecio no inverno, além do aconchego inicial, mas depois, enjoa

Z diz – ah sim é muito bom ja estava na hora de pucar (?) uma cobertinha é bem bom ficar entocado

K diz – olha, tava costurando alguma resposta

Z diz – oie o que...

K diz – sobre as paralelas etc. e tal

Z diz – ah, ah sim me inspirei doidamente em cima das tuas observações

K diz – hahaha, filosofia... filosofia nos insstiga sempre

Z diz – afinal com tanta tese, antítese, síntese, e por aí afora, para não ficar só no parlatório me veio de apontar palavras, levar o verbo e deixar a oração correr rumo ao infinito...

Em resposta ao *must* de alçar altos voos, sem ser abatida, te respondi:

K diz – Muitas vezes fui abatida, algumas outras ainda, a única corda em que me sustentava e que me suspendia rompeu-se sobre o penhasco. Aprendi, no entanto, a juntar os pedaços e a me reunificar, sempre na esperança do amor, para mim bem maior de todos.

K diz – Não reclamo minha sorte, mas tenho gratidão ao meu Criador, que escreveu a minha história, para mim, a mais linda de todas. Quanto às paralelas, acho que o amor é sempre uma cruz, mas não só de pregos e espinhos. É o cruzamento da dimensão humana com a divina, símbolo cristão. A perpendicular divina "X" cruzando a horizontal humana "Y", pelo que entendi pensares o mesmo.

Z diz – Desta forma, como respondeste, conseguiste a menção honrosa de participar das metáforas para chegarmos acredito que as mesmas conclusões. Tardes frias, noites geladas, tempo chuvoso, ventos soprando resta o aconchego de corpos para fundir emoções. Vai me *deicar* louco.

K diz – uhuuu!

Z diz – digo *seixar*.

Z diz – deixar

K diz – sim, sim, sim...

Z diz – sabes vi as tuas composições fotográficas estão belíssimas

K diz – hum as de hoje? no FACE?

Z diz – ACONTECE QUE SÓ ENTREI MESMO A VALER AGORA A NOITE SÓ NO FACE PARA ACERTAR (trancou a tua tecla do maiúsculo, parece) todo o meu cadastro que estava uma bagunça, em termos de acessos, bloqueios etc. isto me consumiu umas boas 3 horas ou pouco mais

K diz – putz! Nem sabia que tinha isto no Face, foi minha filha que fez meu cadastro no Face!

Z diz – Na real quando passava por algumas páginas, vi as fotos das sapatilhas

K diz – Hummm

Z diz – *Bueno*, tô podre de cansado. Vou dormir. Té a próxima...

K diz – té...

Passaram-se alguns dias...

Depois troquei a mensagem na janelinha do compartilhar, no MSN. Peguei uma estrofe de um poema meu:

K – Substância

Sou um corpo de luz sólida.

Chama inteira, labaredas em janelas,

Células, libélula, gavinha.

Poros de um sopro, celas de alguns sonhos,

favos do teu mel, casulos do teu cetim

em mim.

Ao que de pronto, noutro dia, respondeste, com o poema belíssimo da Bruna Lombardi, direto para mim, no MSN, em off:

Z – ELOGIO DO PECADO

Ela é uma mulher que goza

celestial sublime

isso a torna perigosa

e você não pode nada contra o crime

dela ser uma mulher que goza
você pode persegui-la, ameaçá-la
taxá-la, matá-la se quiser
retalhar seu corpo, deixá-lo exposto
pra servir de exemplo.
É inútil.
Ela agora pode resistir
ao mais feroz dos tempos
à ira, ao pior julgamento
repara, ela renasce e brota
nova rosa
Atravessou a história
foi queimada viva, acusada
desceu ao fundo dos infernos
e já não teme nada
retorna inteira, maior, mais larga
absolutamente poderosa
Depois disto...

Z parece estar off line. Você pode enviar uma mensagem instantânea para ele.

Te respondi, então, extremamente emocionada pela tua sensibilidade na escolha do poema:

K diz – Wou! Wou! Wou! Digno de um Z!

Mas mais dias se passaram, no teu silêncio e afastamento, incompreensíveis, para mim. Será que ele tem outra? Estará ele se correspondendo com várias ao mesmo tempo? Viverá ainda com a ex-mulher, por isto queria manter-se morando em casas separadas? Ou quem sabe nem separado é?!

Aquela poesia foi linda demais, forte demais, significativa demais. Não se mexe assim com os sentimentos de uma mulher impunemente. Tornou-se insuportável para mim manter as coisas do mesmo modo, indefinidamente. Depois de tanta beleza e provocação, o único meio que me deixaste pra gozar foi da minha cara no espelho!

V – Mundo hardware

Precisava te falar mais um tanto, e depois disto... silêncio! Prometo! Desconecto meu desktop desta vibe, conecto só no Face. Mas, confesso, espio tua página, pelos amigos dos amigos, ainda. Mesmo tendo te excluído dos amigos. Na real, o que eu queria de fato era te privar de me ver, sem que eu também fosse impedida de te ver. Mas fui radical. E o ruim de ser assim é que fica difícil de voltar, se arrepender, mudar.

Só queria muito que soubesses que este meu destrambelhamento foi inteiramente consequência de necessidades minhas, com o que, talvez por desligamento teu, também contribuíste. Ok, podem ser necessidades geradas de coisas mal deglutidas ao longo de uma vida. Mas isto não importa. Talvez estejas isento de qualquer responsabilidade. Porém ainda tenho dúvidas... terei sido tão ingênua? Terás sido soberbo? Teremos sido descuidados um com o outro? Faltou respeito? Sintonia? Ou nada disto...

Fui incoerente, invasiva, chiclete, sem noção, até mesmo louca! Problema nenhum morrer de ansiedade, se eu tivesse tido um mínimo de bom senso, tivesse sido um pouco mais contida, tivesse disfarçado um pouco para não afugentar a criatura... Daí? Quem não disfarça, oculta suas falhas e enrola ou outro, vezes sem conta na vida? E olha que odeio quando alguém se chicleteia em mim. A questão é que nem te dei a chance de te mostrares um pouco mais, para eu ver se merecias ou não um chute. Então, a questão é a seguinte – dois pontos:

Quero mais uma chance, no mínimo para dizer isto para ti, mesmo que nem acesses meu link, de tão enjoado que podes ter ficado. Preciso, pelo menos, desafogar minha agonia, fechar uma coisa que ficou mal fechada, para mim. Seria um bem teu, feito à humanidade, ler. Um ato beneficente... que te parece? Não suporto ver gavetas abertas, portas de armários escancaradas, quando foram feitas para permanecerem fechadas... Portões entreabertos, coisas entre meio sim, meio não. Sou bíblica nisto, sim-sim, não-não, coisa morna é cuspida.

Entretanto, brincadeiras à parte, se fosse só para meu benefício, talvez tivesse a decência e sinceridade de deixar assim, mal-acabado mesmo. Ou não. Porque talvez a razão egoica de encontrar outra razão pra voltar a falar contigo tenha sido o sopro que moveu minha coragem de fazê-lo.

E a razão de ir a ti novamente é uma só. Reconhecer as bobajadas, ou mesmo coisas preciosas e raras que possam ter acontecido neste laço tão tênue que estabelecemos, mesmo na minha urgência incontida. Acho que mereces, sejas como for, minha gratidão. Mereces saber que me foste muito útil e importante, para fazer esta travessia de estado civil, de descasada em solidão, enfurnada em mim mesma por anos a fio, para casar novamente comigo mesma, e reatar-me com o fluxo da vida.

Como te falei no começo (no princípio era o verbo), meus anos de sozinhez e talvez de solidão, junto com um passado nem sempre confortante, jorraram sem freio diante de uma porta aberta. Muito por isto quem sabe vem este desassossego por me ver diante de portas abertas. É medo de me esvair e rolar pelo ralo adentro. O mundo virtual facilita e forja uma sinceridade jorrada, e, da mesma forma, a falsidade. Te fui sempre absolutamente sincera. De muda e silenciosa por anos escuros e anaeróbicos, passei a comunicante, esvoaçante, liberta, sei lá, o que quer que seja, mas me lançando completamente noutra direção, em que sopravam minhas tímidas lufadas de ar, apenas para sobreviver.

E o verbo se fez carne... ainda que em termos orwellianos, sabor carne. Verbo este soprado sobre tua fala, que mesmo a conta-gotas, respondias. É muito bom saber que se está sendo ouvido e compreendido, ou pelo menos acreditar nisto. Nos confirma na nossa identidade. Não existe eu-sem--outro. Nível intelectual? Talvez, mas para mim, muito mais coração e espontaneidade importam. De qualquer forma, quero pedir desculpa. Por toda a ventania e tempestade de verão. Acho que já deves ser prevenido, e *tener las ventanas bien cerradas* o suficiente para te proteger. Mesmo assim, desculpa se desgrenhei teus cabelos grisalhos ondulados e lindos, pelas únicas frestas que te deixei entreabrir.

Navegar na internet é coisa nova para minha geração. Muito pertinente a música interpretada por Paula Fernandes – navegar em mim. [4]Antes eu navegava direto nas águas das intenções humanas, nos gestos, nos olhos, no corpo, na voz. O outro era concreto e o mergulho era vivo. A liquidez deste mundo novo-versátil-extremista-fascinante-louco assusta qualquer um da geração passada. Porque atrás do novo sempre se esconde o medo límbico, histórico e ancestral de mudar, ousar, transgredir, e a inveja asfixiante, transmutada em falsa moral, de quem ousa tudo o que a gente não tem coragem de ousar. Além do que, esta coisa de mundo líquido nos traz à tona um medo irracional, mas também a verdade do risco real de se afogar, se não souber nadar. Vai daí que estou aprendendo. Graças a Deus és da minha geração e algum medo deve te fazer sombra também, nem que seja bem no fundinho... Se assim for, talvez possas me compreender e guardar de mim melhor imagem.

Acredito que nisto tudo aprendi um pouco a manobrar este dirigível heliocêntrico pós-moderno, Zepelim volátil que é o veículo virtual. Mesmo que a velha carta do correio já fosse um pouco virtual, ainda nos restava o papel escrito na mão, as florezinhas, o perfume, ou simplesmente saber que tinha estado nas mãos de quem o escrevera, concretamente. Isto

---

[4] https://www.youtube.com/watch?v=AA8N4Y2iKnA&ab_channel=PaulaFernandesVE-VO. – Navegar em mim – Paula Fernandes.

dava solidez às palavras e aos sentimentos que elas transpor- tavam. Não caíam num vazio tão abissal, como tantas vezes isto acontece diante de um computador, silente e frio, carente da mornidão presente do corpo de um ser que respira.

Neste hardware, jeito difícil ou pesado de ser, somos simples mortais do século passado. Do milênio passado, para ser mais exata. Aprendi o virtual a duras penas, algumas vezes bem ao modo Big brother de ser, banalizando certas intimi- dades em público, nos grupos sociais. Mas aprendi ainda pelo velho sistema de tentativa, erro e acerto, de qualquer modo o mais certeiro, já conhecido.

Ah, e já não me importo agora tanto, se as portas, janelas ou gavetas estão abertas, entreabertas ou fechadas. Basta que eu não desaprenda de bater à porta, escute quando batem, e saiba abrir por dentro o que nunca poderá ser aberto por fora, e a fechar quando isto parecer ameaça, virtual ou não. Bjuuu!

K.

ESTAÇÃO TEMPO

A gente pensa o tempo vivido como algo abstrato e com vida própria. Uma força invisível que nos domina, que nos escorre pelos dedos e se deixa vincada na nossa pele. Mas abstratos são os dias e as horas, num calendário inventado pelo homem. O tempo é concreto. É tão somente o movimento das coisas, os acontecimentos, os fatos constituídos de pessoas que se esbarram, bichos e plantas, astros, planetas, terra, luz e sombras, guerras, catástrofes, sangue, risos e lágrimas. Seria possível existir tempo num mundo oco e seco?

É isso tudo, esse movimento frenético que a gente tenta ordenar em antes e depois, a partir do agora, do qual, afinal, nunca se consegue sentir o gosto. É uma sucessão de foi, era e será, do nascer ao pôr do sol que nos pesa nos ombros e nos envelhece até que a morte ordene: *stop*!

As coisas se modificam sem trégua, de modo caótico às nossas vistas, se nelas nos abstemos de intervir. Eterna mente dual entre o concreto e o abstrato, o real e o imaginado, o físico e o psicológico.

O tempo físico se mede com o relógio, com o sol que nasce e se põe todos os dias, com as estações que transcorrem, o nascimento, a morte, o fim e o começo dos acontecimentos todos. Mas o tempo psicológico é subjetivo. Alguns instantes duram séculos, alguns séculos se diluem no pó e no esquecimento, num lapso de segundo.

Lembro de uma vez que viajei de noite, toda a madrugada, para Florianópolis. Estava indo encontrar o meu amor, paixão fulminante entre primos-irmãos que se conheceram e se encontraram depois de adultos. Como toda paixão, sua presença enchia todos os meus espaços, e cada poro era inebriado e cheio do meu amado. Eu tinha me mudado, sem perceber, de mim mesma para ele, e tinha então 35 anos.

Entretanto... aconteceu que o ar-condicionado do ônibus estava muito gelado, era verão, eu estava com uma blusa de alcinhas, sentada do lado da janela e esquecera de levar um casaco. Eis que, sentado ao meu lado, estava um rapaz, com uma jaqueta de jeans sobre os ombros. Tinha um bom porte, mas naquele tempo não se falava nem se pensava em "sarado".

Eu, com aquela visão enviesada que a gente tem nas laterais de si mesmo, analisei seu perfil. Meio magro, porte médio, tinha um jeito descolado (expressão também não nascida ainda) que, pelo meu entendimento, significava de caráter equilibrado, mas livre de amarras. Algo me atraía nele e o frio que aumentava dava vontade de me acolher debaixo do seu braço, encostar a cabeça e um pouco mais do corpo no calor do corpo dele. Foi como se uma fumaça ou um vapor morno tivesse invadido meus neurônios e rapidamente sido soprado, fora varrido como um *vai-te, Satanás!* Tinha compromisso com minha paixão.

O silêncio se espalhou sobre o interior do ônibus, todos adormeciam. As pequenas luzes de leitura se apagaram, uma a uma. Escuro. O ronronar do motor e o balanço de pequenas curvas na estrada me ninavam. Daí a pouco, o rapaz inclinou-se para o meu lado, sutil e delicadamente. Estendeu seu braço sobre meus ombros, e eu me aconcheguei à quentura gostosa do seu corpo. Ele fechou o círculo do seu abraço sobre mim, com o outro braço. E adormeci aquecida e acolhida, até a alma.

De manhãzinha cedo chegamos ao destino. Nos recompusemos, desamassando cabelos e roupas. Pegamos nossas sacolas e descemos. Na plataforma da estação ficamos frente a frente. Ele me olhou fundo nos olhos e eu a ele. Trocamos um selinho, que ainda não se chamava assim. Fluía entre nós uma energia de séculos de aconchego e um silêncio profundo derramando-se em mil palavras não ditas e, por isso, perfeitamente compreendidas. Era uma linguagem direta, falando de amor eterno. Sem compromisso, sem cobrança, sem futuro, nem passado, sem palavras.

Pode-se medir a duração de um amor gratuito?

Ele tomou seu rumo e eu o meu. Já lá se vão quase 30 anos e eu nunca esqueci esta aventura.

DESCOMPASSO

Estava comodamente instalada no seu banco individual da lotação, olhando desprendidamente as coisas lá fora. A música já escutada centenas de vezes, fluindo nos finos fios embutidos em seus ouvidos, era a mesma: *Cânon in Z*,[5] execução no piano de Tay Zonday. Perfeita. Mesmo sendo a trecentésima vez de escuta, sempre tinha o poder de mover seu sangue em ondas, de forma que diluía todos os nós dos seus músculos e a deixava entregue e cativa a cada toque mágico de todos os dedos do artista. Tons graves destampavam do seu poço uma profundidade intrinsecamente obscura de suas emoções. Tons altos lhe conferiam asas libertadoras, para uma luz e um espaço imponderáveis pela razão.

Percorrendo magistralmente estes degraus com a gema viva de seus dedos, o desempenho era perfeito e meticuloso. Eram passos da alma do artista que lhe abriam o portal mágico da unificação, onde toda a agonia pelo saber cessa. Isso a deixava sem tamanho, imensurável, no macro ou no microcosmos, condição intraduzível em qualquer língua falada. Ora era o mar em sincronia, lhe emergindo gigantesco, preso à gravidade da terra e a ela se opondo; ora a lua iluminando seu lado oculto em olhos marejados pelas emoções.

Bendita sejas, ó alma perfeita escorrendo em dedos perfeitos, numa harmonia perfeita! Podia escutar cada toque separadamente e em conjunto. Podia distinguir os dedos da mão direita e os da mão esquerda, em desabalada fuga, simultânea ou separadamente. E ainda podia ver o som de cada

---

[5] www.youtube.com/watch?v=RSCzMT8IMME. Acesso em: 20 jan. 2023. Canon in Z - Original Classical Arrangement by Tay Zonday.

tecla em percussão transpirando nos muros velhos das ruas, nas árvores copiosamente verdes, nos sincopados rostos dos que esperavam a condução certa para seu destino traçado, plantados com seus pés inquietos, debaixo de um abrigo de zinco. E em cada rosto, em cada corpo, em cada gesto, pairava a nuvem transparente de suas almas iluminadas pela certeza da eternidade, ou turvadas pela irrevogável certeza da morte. A música saía de si mesma pelos fios sintéticos e invadia o mundo e tudo o que nele houvesse.

Dentro da lotação era um pouco diferente. As pessoas pareciam mergulhadas em seus propósitos, uns mais imediatos, como simplesmente chegar ao ponto na hora certa. Outros mais a longo prazo pareciam percorrer seus afazeres do dia com seus músculos faciais rígidos. Carregavam aos ombros o peso dos seus dias e um comportamento viciado de imediatismo mantinha-os sempre alertas, como que prontos para responder uma inesperada exigência do acaso. Não sabiam do magistral concerto que de Pachelbel a Zonday apaziguava qualquer discórdia, em dois ouvidos ali presentes. Mesmo assim, às vezes, pairava sobre todos uma névoa, tipo "Eu vos dou a minha Paz", filtrado pelo seu olhar embriagado pela melodia. Sim, era isso. A luz diáfana iluminava cada canto obscuro. Ela estava dentro e ela estava fora, em todos os sentidos. A música lhe concedia essa ubiquidade.

Ela decidira, naquele exato momento, deixar um último pedido, quando de sua morte. Queria aquela música no seu funeral. Porque nada traduzia mais o que sabia de si mesma do que aquela música, naquela execução. Era a sua vida, águas serenas ou oceano turbulento, se enlaçando pela vida afora, no inesperado e surpreendente acaso com que a vida se armava para lhe colorir ou lhe turvar os dias desde que nascera. Seja no sombrio gelado da morte de seus pais, antes dos 5 anos, seja no calor irradiante e majestoso do nascimento de seus filhos, a partir dos 18 anos.

Imaginou os amigos, filhos e demais parentes ouvindo aquela música, por vezes aparentemente desenfreada, mas contida em exímios movimentos calculados na exatidão de um compasso quatro por quatro. Era ela, toda. Mas será que eles entenderiam isso? Ou alguns pensariam "Eis quem viveu louca e louca morreu, o que tem a ver esta música com este momento?"

Quatro filhos, suas quatro vintenas ainda um tanto longe por se cumprirem, quatro netos por enquanto, dois casamentos desfeitos, que afinal é divisor de 4. Embora se soubesse fraca em números, reconhecia que tudo é matemática. A vida é. O escoar de milionésimos de segundos que se acumulam em séculos é a prova disso. O inexorável caminho percorrido nas células de sua pele enrugando, seus cabelos embranquecendo... seus ossos virando esponja, tudo números, em combinações químicas de elementos que vão se defasando... Sua vida era quatro por quatro, com possíveis divisores de compassos.

Nesta imagem fúnebre, imaginou lágrimas sentidas, algumas culpadas, outras aliviadas pela sensação do dever cumprido. E desistiu da intenção. Não queria corromper tão bela música, tão majestosa execução com mal-entendidos. Carregaria em suas moléculas mortas em desalinho a ressonância daquela vida compactada numa melodia. E o sangue evaporado na fumaça de seus ossos em cremação se aninharia em outras narinas, e encontraria outros neurônios, em outras conexões. E ao contrário de suas frustradas expectativas em sua própria eternidade, a melodia continuaria viva, embalando outra lucidez, outra alma soprada pela grandiosidade de viver.

Interrompendo seu mergulho em si mesma, uma freada brusca lhe puxou para a realidade. Algum neurônio bloqueou a melodia nalgum espaço de seu cérebro à prova de som. Num silêncio avassalador viu e previu tudo, pela janela da lotação, num milionésimo de segundo, friamente calculado pela precisa e milagrosa exatidão de suas sinapses.

A sinaleira fechou para a lotação numa esquina que desembocava numa avenida principal. Motores canibais da faixa perpendicular à esquina arregaçaram suas bocas, emitindo um ruído feroz, como a querer recuperar séculos perdidos para chegar a rumos não sabidos por ninguém. Uma fileira de carros da via principal parara num congestionamento. As outras fileiras andavam. Mas o menino atravessando a rua não viu. Seus neurônios não consideraram todas as variáveis, talvez em defasagem matemática. Tinha 11 ou 12 anos.

Ao ultrapassar a fileira parada, adentrou na faixa vazia por uma nesga de segundo. E ela viu o futuro imediato e irrevogável daquela cena. E nem sequer deu tempo de gritar. Mesmo que de nada adiantasse. Entretanto, brotou de suas cordas vocais um gemido surdo como um frêmito: ai, Jesus, Jesus, Jesus!.

E o choque de diferentes pesos e velocidades arremessou seu corpo franzino para o alto e ele rodopiou no ar numa cambalhota circense e tinha uma enorme pedra de sólido granito ao cordão da calçada e sua cabeça num ângulo de 45 graus em relação à pedra iria se esborrachar em sua quina e ele bateu no asfalto como uma bola de borracha e desvirou-se no espaço retornando à condição de bípede e como um João bobo de plástico inflado ficou de pé indignado, aflito, pálido e tímido. E seguiu seu rumo.

Um menino, meu Deus, uma criança... nasceu de novo! Tu és bom, Tu és bom! Bendito menino renascido, bendita mãe que nada viu, bendita a vida... Olhou dentro de seu veículo as pessoas indignadas, gesticulando, o motorista apontando, tecendo comentários. Sim, todos estavam obviamente pasmos, pois um menino quase morrera, que coisa estúpida... Ó Deus, um menino se salvara, isso era o que importava!

Cânon voltara a verter em seus ouvidos, como um oceano turbulento, traçando uma parede de isolamento acústico entre ela e as pessoas da lotação. Sentiu vontade de compartilhar seus nervos em frangalhos pela morte iminente de um menino. O que estariam comentando os demais passageiros? Todos tinham visto o ocorrido, como que de camarote, num teatro de bancos estofados. Como estariam seus corações frente a tudo aquilo?

Tirou os fones dos ouvidos.

— Claro, ela estava errada. Julgou que a lotação ia avançar o sinal amarelo e quis ganhar a vez!

— Sim, e ainda se achou cheia de razão!

— Mas eu não tive culpa, vocês viram... parei bem na esquina, aguardando a minha vez (comentava o motorista)...

— Mas a culpa de ultrapassar o sinal foi dela, tá na cara!

— Decerto comprou a carteira...

— Está cada vez mais difícil dirigir nesta cidade...

Nenhum outro comentário. Só seu patético espanto deixou-a por um breve instante suspensa a equilibrar-se num fio, como se tivessem se rompido os elos que lhe encadeavam os pensamentos. Fora por um lapso de tempo de sua nave racional, duvidava de sua lucidez.

Uma fenda abissal entre o seu coração e aquelas bocas todas a tragou de volta ao seu banco executivo. Cânon em Descompasso. Mundo oco, homens de lata, espantalhos tristes, meninos perdidos. Com o coração também em descompasso, voltou os fones aos ouvidos, encolhendo-se na bolha de sons que a protegia, como num útero cósmico.

PERSPECTIVA

Uma vez eu viajava de ônibus, numa estrada interestadual. De repente, de tardinha, vi um barranco bem acima da via, com casas de caixotes, cercas velhas de paus tortos – ao que chamam de favela. O sol batia filtrado num menino que soltava pipa. Era fim de inverno. Como lamentei não saber pintar aquilo! Nem mesmo dizer em palavras sobre a paz que me invadiu... Era tudo tão belo!

Tudo se fazia como devia ser. Paz. Era uma fusão com a vida, algo não partido, dissolvido, esmagado e limitado pelos sentidos físicos, ou pelas verdades de uma cultura e de um padrão social. O menino vibrava, corria, pulava, segurando aquele cordão de liberdade, por onde soltava sonhos e fantasias de uma criança. Era a inocência se derramando.

De repente me integrei, e fazia parte de tudo aquilo. Do conforto elitizado no banco estofado do ônibus e de tudo que rolava lá fora pela tela da janela. Como se as fibras da minha pele se tivessem rompido e minha identidade se derramado, fundindo-me ao que meus olhos viam, e também ao que não viam.

Entre figura e fundo, meu encantamento era o fundo, e a figura era aquela desbragada hierarquia invertida de uma favela num barranco mais alto e mais perto do céu do que eu e minha vida urbana.

Desatam-se os nós. Já *não há judeu nem grego, escravo ou livre*. Silenciam os questionamentos do intelecto, não há queixas, mágoas, conflitos, nem mesmo saudade. As perdas se diluem e se unificam num amor sem porque nem como. Acaba a solidão. Parece-nos nunca mais sermos apenas parte, mas o universo inteiro.

O BURRO BELEZA

Tenho tristeza e choro. O menino à noite ontem, treze anos, conhece todas as letras, mas não lê. E eu na frente dele, debruçada sobre a mesa, armada de papel e lápis. Veja, é o A! Escreve primeiro o A. Ele olha pra mim e para a folha de papel. Permanece mudo e imóvel. Não sabe o que quer dizer primeiro? Bom... isso é grave, já vamos ver. Onde começa esta palavra aqui? Ele aponta com o dedo. Não! Aí é o fim! Não sabe o que é começo? Não? Assim, oh, não tem nada neste papel, agora vou começar, vou escrever primeiro o A! Então quando digo primeiro o A, quer dizer que ele tem que estar à esquerda da outra letra. Entende?

Não, ele não entende. Às vezes sim, às vezes não. Nunca sei quando ele não entende e quando não quer entender. Não consigo pegá-lo, escorrega como um peixe. Repete mecanicamente seguidas vezes A de abelha, B de bola, mesmo que as palavras mostradas sejam amigo e beleza. Ele não sabe o que é direita ou esquerda. Compro-lhe um reloginho barato, mas *de verdade*. Ponho no seu braço esquerdo e lhe falo:

— Agora não vais esquecer mais qual é teu lado esquerdo...

Mostro um texto na cartilha, sobre o Burro Beleza. Estamos na letra B. Acho que não fui muito feliz na escolha do texto, porque um dia ele me disse que é burro e não aprende nada. Entretanto, em vez do texto, ele se absorve no desenho do burro. Puxo-o de volta para o texto, apontando as palavras. Ele foge para a figura. Na figura o dono do burro puxa o animal por uma corda, mas ele está atolado na areia e nega-se a andar. Puxo-o para o texto. Escrevo no verso de uma folha usada sinais que não lhe dizem nada. Ele a todo o momento se esfumaça. Está inquieto, quer ir embora pra casa.

— Fica, ainda falta meia hora. Está cansado?

Ele sorri, com o buço cheio de gotinhas de suor.

— Está bem, não quer mais ler, não é? O que você gosta de fazer? Desenhar? Bem, desenhe.

— Posso desenhá o burro?

— Claro!

Começa uns traços, olhando o desenho. Depois sobre-põe a folha branca sobre a figura do livro. A luz fraca pende do teto por um fio e sua cabeça faz sombra. Algo nele todo se afrouxa e alguns traços vão surgindo. Um esboço da cabeça do burro, focinho, olhos. Algo que seria a pança que escorre em algo que talvez seriam pernas. Ofereço outra gravura igual para que compare ou copie.

— A novela começou?

— Acho que sim, mas o que queres com novela?

— É que a mulher da novela, o marido dela... Sabe, o meu pai?

— Sei, vi teu pai lá hoje, quando fui te buscar para aula. Ele foi te visitar?

Seu rosto iluminou-se. Mas isso na fração de tempo infinitesimal de um átomo em qualquer massa. Encolhe-se logo na segurança do escuro escorregadio que o reveste.

— Quando eu voltar pra casa ele já foi embora... A mãe não deixa ele ficá. Mas ele vai pagá a minha mãe.

— Pensão?

— Sim. O meu irmão vai de tistimunha.

Pronto o desenho. Está lindo. Tem vida. Não é o burro, mas traços inacabados abertos que permitem a quem olha entrar em toda a possibilidade.

Pedaços de um animal ligados por uma corda a pedaços de um homem.

— Vamos escrever o título? Ou queres escrever o que diz o homem dentro deste balão?

— O balão.

— Bem. Burro Beleza só quer moleza? Eia! Eia! Eia!

Tenho tristeza e choro. Primeiro o A! A ordem dos fatores não altera o produto?... A não ser na palavra escrita. A não ser na vida injusta vivida. A não ser quando o universo de números se transforma em estrelas e vilas pobres, pais que vão embora, Sancho Pança, D. Quixote, ou em meninos tristes que se recusam a ler. Não sabes o que é *primeiro*?

O A, de amor...

MARIA FUMAÇA

(dedicado à criança que em todos habita)

Quando eu era menina gostava de andar de trem. Olhava, horas a fio, o fio de aço dos trilhos que se estendiam à frente, parecendo se encontrarem mais adiante. Mas isso nunca acontecia e até me doíam os olhos de tanto fixá-los no horizonte. Já na estação, o monstrengo de lata preta, enfileirando um tanto de vagões marrons avermelhados, apinhados de gente carregando seus destinos, parecia coisa de cinema, onde a estrela era sempre eu.

Ao longo do caminho, os vagões segredavam tam-tam, tum-tum, ao que só os corações entendiam e respondiam: "tam-tam, tum-tum". Quando o trem ganhava a estrada longe da vida urbana, eu travava uma corrida me imaginando lá fora, claro, junto às emas, garças, maçaricos, pulando charcos e touceiras de maria-mole, no seu amarelo miúdo crivado de besouros pretos. Rente à estrada de ferro, tufos de capim, orlas verdes, gnomos recitando em outras línguas, estranhos seres gemendo mantras com o vento. Marcelas, carquejas, carolas nos juncos, jasmins do mato, tumbérgias enroscadas em unhas-de-gato, umbus enormes, nos vales e charcos, e paineiras, como peneiras, rendavam o pasto com flor e sombra.

Ferro contra ferros, trilho, contratrilhos, rumo contra rumos, maquinaria singular, que dava asas ao tempo, movendo braços longos de aço: era o passo da locomotiva que não era louca, mas tinha motivos, pois trazia liberdade, girando rodas velozes para a frente, para a frente, para a frentchchchchchchchch!

Com a cara na janela, o vento de tão forte me entupia as narinas, e sufocava, mas reacendia em mim o desejo de sonhar. O rolo de fumaça enegrecia, mas cheirava bem, eu achava. O carvão cheirava a estação, que lembrava vagão, que trazia férias, que fazia verão... E a menina sólida se liquefazia e se fundia nas planícies com chaminés fumegando, desejando os cafés de coador curtido, recolhido das cercas, para secar. Imaginava então nos postes em grandes Ts, que voavam no azul dos céus, o que estaria fazendo a professora.

Às vezes, entre um cerro acinzentado e outro, surgia uma mulher enorme deitada, coberta de tufos de capim e grama atapetada, onde os picos delineavam formosos seios. Era mulher-deusa petrificada, coberta de musgos, vendo o trem passar.

E o trem zunia, fumegava, rangia, resfolegava, batia ferro contra ferro, num quero-e-não-quero, nos duros bancos de segunda classe, no corpo que doía. Enquanto isso Maria corria, caldeira ardente, fumaça quente e preta, fundia o tempo, derretia o aço dos grilhões no coração. Então... velha, moça e menina viravam borboleta, que voava janela afora!

E os quero-queros, andorinhas e pardais, buscando nos umbrais dos capões escuros proteção contra a fumaça negra da Maria que corria... querem que eu conte?

Kchchchchchchchchchchch! Sumiam na noite que estendia o horizonte adentro...

CICLO URBANO

I – Uma via

Todo dia pego lotação. Manhãzinha cedo, dentro dela, subo a ladeira na esquina da minha rua e vejo a obra. O pedreiro está parado no esqueleto do portal, olhar vago, pousado em coisas transparentes, onde o foco é sempre mais além. Magicamente eu alcanço este foco com outros olhos, onde as retinas são retas infinitas que nossos passos trilham com pés de sonho. Ele não me vê, mas eu sim. Capturo luz e sombras no côncavo do céu que me encobre e nos bolsos do meu casaco, nas mãos geladas que clicam uma fotografia virtual de um desencontro de níveis entre ele e eu. O ritmo da música ecoando nas parietais do meu crânio, uníssono no córtex do meu cérebro, martela feito coração pulsando. E move a pedra do meu peito. "Ressuscita-me, para que a partir de hoje, a partir de hoje..."[6] E pássaros enclausurados ganham liberdade. Dentro e fora!

Tudo todo o dia parece igual. A rotina roda pesados compromissos previamente agendados pela necessidade de se enquadrar num mundo feito de pedras e pão. Desejos e coisas que estariam fora do alcance, sem a sagrada agenda, movem os meus passos e os de todos que povoam as ruas alienados de si mesmos. Cada pedra, curva, motorista, passageiro, tudo igual. Mundo de vírgulas e ponto final. As árvores há décadas

---

[6] https://www.youtube.com/watch?v=-5CUF1Bf3gk&ab_channel=GalCosta-Topic. Acesso em: 20 out. 2022. "Ressuscita-me" – Poema de Maiakovski. Música "O amor", composta por Caetano Veloso e Ney Costa Santos.

desfilam seus cabelos verdes pelo vidro embaçado de um ônibus, de uma lotação, de um Trensurb, neste meu porto alegre. O vento e a chuva e o calor e o frio e o sol. E as calçadas trincadas, ladeiras úmidas e os terrenos baldios. Mas tudo pode ser sempre novo quando se renasce inocente.

A seiva que sobe nas veias destes troncos não é a mesma de outrora. Resíduos do meu banho rolam para o rio, estuário de toda a gente. Evaporam, e um pouco de mim, em chuva, verdeja nestas copas e alimenta o rodopio das folhas nas alamedas, jardins e quintais. Um pouco de mim flutua sobre as nuvens, se dilui e encharca a terra, de onde muitos vão beber-me. Penetro narina adentro dos desavisados que respiram pra sobreviver apenas e se surpreendem em sonhos, sem saberem de onde vindos. Um pouco de mim, pele morta que revive, me adentra, me alimenta e me renova em resquícios de outros banhos... Um pouco do pedreiro, vida de pedra, no seu olhar distante, embevecido noutra dimensão. Ele também sonha.

Os banhos todos do planeta se escoam, e todos os suores e lágrimas e a excreção das vísceras de todo o ser vivo, debaixo do sol. E os elementos todos se fundem e fermentam e se transformam na escuridão dos húmus que fertilizam novas vidas. O frio do sol oculto se derrama nesta nave, aquecendo noutra face, cirros, cúmulos, nimbos, águas de cima do firmamento.

Cansaço de ser. De não ser. Órbitas vazias, mas iluminadas pela mesma chama. Eu, o pedreiro e o universo inteiro.

II – Outra via

Todo o dia pego o trem, noite escura ainda, olhos pesados, gosto amargo de café puro na garganta e de coisas que nem penso pra não cair num poço sem roldana. No formigueiro da estação sou picado todo dia. É uma coisa que arde não sei bem onde, aqui dentro de mim. De gosto meio enjoado, de quem comeu muito pastel de vento, feito com gordura já usada, que recende pra todo lado. Deve ser por isso que ninguém se vê, e fica transparente, sem ser alguém na multidão. Medo de contaminar ou de ser contaminado pelo ranço que arde na garganta, e se evapora, e se escapa pelo olhar afora. Os pés andam sozinhos, sem alma, corpo vazio. Mas algum resto de chama há de ter ainda, que treme em cada um, resto de fogo que ainda esquenta. Talvez um sopro deste deus que tanto falam por aí.

Depois do trem, pego ainda o ônibus que me traz aqui. A caliça me dá bom dia. Meus pés de sapatos tortos pisam firmes no chão de pedregulho. Meu nariz já sente o cheiro de cimento pó, cimento água, cimento massa, cimento fresco que evapora e me enche os pulmões, e me petrifica. Coração duro deve nascer daí. Pedaços de caibros, estacas e vigas vão se alinhando para segurar mais um teto que meu não é. Me encosto no portal e a minha mão toca no tijolo, dureza da parede que ergui, onde me seguro.

Mas respirar na obra em silêncio ainda de manhã cedo é bom. Paz, tudo quieto numa rua de gente fina, longe das minhas faltas que são tantas. Fico esperando um pouco as coisas que se repetem todo dia, mas nem sempre se repetem. Fico novo no ar da manhã. Olho uma árvore com flor, ontem ainda estava seca, hoje cheia de botão...

Meu café preto da manhã se completa com o cachorro que me abana o rabo e o passarinho que pia nos jardins, e os pequenos que passam para a escola. Um besouro cascudo, um zangão, uma criança que grita, uma nuvem que passa, tudo me apaga de mim mesmo e me gruda noutro chão. E o meu corpo fica leve, vazio do que não tenho e sou feliz, nesta hora. Ah, se eu soubesse pegar esta leveza toda, e guardar ela no bolso...

Daqui a pouco, logo-logo, vai passar a lotação. Todo o dia passa. E aquela mulher na janela, com fios pretos saindo dos seus ouvidos. Este tal de MP3, já me explicaram. Custei um pouco a entender, mas depois entendi do meu modo. Tira as pessoas do ar, viram ET. Vista da janela, ela até parece um boneco de gesso, manequim de loja. Tá sempre escutando música, eu acho. Isso também faz voar, e tira a gente da aflição.

Eu que nem quero um destes... homem pobre metido a passarinho pode se esborrachar! Mas... pensando bem, talvez até viesse a gostar, ficar sozinho comigo mesmo, dentro da minha cabeça, ou fora, sei lá. Uma vez escutei um, e voei também. Mesmo de olho fechado, me agarrando só na gostosura do som. Até hoje não entendo de onde vem tanta beleza, por dentro daqueles fios.

Pronto! Vem subindo a lotação. Dobrando e virando a esquina. Chega de malandrear! Vou logo pegar meu dia. Ponho bota de borracha, capacete, viseira nos olhos, e sou eu que viro ET...

PARTO DE RUA

Vi dois fetos na Rua da Praia, no chão, rolando. Mas dois fetos adultos, meio como em Benjamin Button, porém jovens. Vestiam uma malha cor da pele, colada no corpo. Uma mulher, cabeça raspada, e um homem, ambos jovens e franzinos. Tinha um colchonete quadrado no chão, a título de útero, onde começaram a encenação. E um círculo de gente, grande e aberto, como em respeito à vida, foi se formando.

Busquei uma brecha e me plantei a olhar. Muitas fotos e filmagens anônimas. Mas comigo eram só meus olhos e pensamentos, instrumentos para esculpir sentimentos e ideias, signos, significantes, significados.

Ambos os fetos começaram a fazer movimentos amnióticos. Impressionante como pareciam flutuar naquele chão duro. De fundo, numa caixa de som, os batimentos cardíacos, conduzindo aos primórdios tribais, ao transe de olhar vítreo, mas quente, nas órbitas avermelhadas dos atores.

Mas mais impressionante ainda era o encaixe virtual dos corpos, rolando, encolhendo, espichando, ora parecendo fluir de uma coreografia exaustivamente ensaiada, já diluída no sangue, ora parecendo brotar em gestos espontâneos. Seus movimentos, paradoxalmente desconexos e harmoniosos, não se chocavam.

Era como um jogo de tensão e leveza, programação da natureza orgânica e acaso, numa mão crispada de um braço que se alongava ao infinito, num pé de tendões hirtos que se encurvava sobre si mesmo. Pareciam tatear sob um véu de pele translúcida que os encobria. E passavam, um pelo outro, apenas a milímetros.

Minha expectativa de que se tocassem era quase uma súplica.

Lembrei das minhas gestações idas. Aquela movimentação de corpos anônimos, apenas homem e mulher, ligados ao chão de pedra, pelo cordão da gravidade, reconstituía o meu ventre túrgido, desconfigurado de repente pelo alongamento súbito dentro de mim de algo que tinha vontade própria e não era a minha. Meia esfera sólida de carne, se projetando, como o planeta se desprendendo da sua órbita.

Me perguntei o quanto haveriam de ter pesquisado e estudado os movimentos fetais, para a representação. Mesmo assim, não era apenas fruto de todo o estudo possível. A leveza e exatidão dos movimentos brotavam do meio de seus nervos e veias, enraizadas na terra e se derramavam nos braços, e pernas, e mãos, e dedos.

Movimentos frágeis de mulher. Um ou outro tremor, como uma descarga elétrica neuronal intempestiva, por vezes estremecia em ondas pela pele. Seios pequenos, soltos e moles, debaixo da malha, ela ora enrodilhava-se de bruços ou de lado, ora rasgava o espaço com os dedos em garra. Erguia-se encurvada em genuflexão sobre si mesma, e se transformava em puro equilíbrio sobre o fêmur.

O homem franzino tinha descargas mais frequentes. Seus movimentos, embora frouxos, provinham de uma face Yang. Parece que se desdobravam com esforço de um ímã poderoso no seu âmago. Uma luta entre o absorver-se em si mesmo, na escuridão, e o explodir para além do limite dado.

Eu apostava num gesto descuidado, mas não vinha.

Algumas pessoas desistiam e iam embora. "Ah, é só isto, sempre". Eu permaneci. Até a mulher nascer, e se embrenhar no convívio dos que lhe esperavam com um roupão, abraços e conforto a um recém-nascido.

O homem ainda se contorcia em espasmos, no calçadão. Os olhos gelatinosos, como poças escuras em órbitas de meias pálpebras, pareciam, a um só tempo, olhar pra dentro e pra fora de si mesmos. Estava difícil nascer. Não esperei.

RELATIVIZANDO

Quando falo em século passado logo me lembra 1900, 1800. Falar em milênio passado, então, quase me retorna às cavernas. O Antes de Cristo ou os primeiros séculos Depois de Cristo não me visitam com muita frequência a memória. Priorizo eras mais próximas, 1200, 1500. Mas a era frequente e tenra mesmo, cheirando a ontem, é 2000, quando de repente, inadvertidamente, entramos no terceiro milênio! A verdade nua e crua é que viramos o calendário de milênio e de século apenas há 21 anos, o que ainda não foi completamente deglutido pelas gerações mais velhas. Toda esta faixa etária entre 20 e 30 anos são jovens nascidos no século passado e no milênio passado! Perguntam-se, certamente, *como posso ter nascido no milênio passado e ter apenas vinte e poucos anos?* Estas considerações ajudam a desnudar a bizarrice da dimensão temporal, e seus conceitos e preconceitos, a favor ou contra o peso do tempo.

Genial mesmo foi Einstein, ao constatar a relatividade do tempo entre espaço, movimento e velocidade, derrubando o reinado do tempo em si, reduzindo-o a relativo. Revelar que quanto mais veloz um corpo se desloca menos sofre a passagem do tempo foi extremamente revolucionário e fantástico com consequências drásticas no comportamento. O clima de fluidez contemporâneo, tendendo à impermanência de valores estáveis, demonstra bem o efeito do advento da relatividade no pensamento, refletido no comportamento. Um mundo líquido reflete melhor esta fluidez do que um mundo sólido. Nossa pressa é insana, estamos sempre querendo vencer o tempo, sendo cada vez mais velozes. Vamos sempre acumulando afazeres e mais afazeres, na esperança de nos eternizarmos. Liquefazemos nossos dias no mundo virtual e nossa vida evapora com rapidez desmesurada.

Importante, porém, é perceber que existe um absoluto sustentando um relativo, sempre. Relativizar não é condenar algo ao limbo do indeterminado. A idade, por exemplo, não é algo absoluto, mas relativo ao vivido por alguém. Decretar que se é jovem ou velho nesta ou naquela idade é absolutizar o relativo. Isto engessa o espírito e embota a singularidade de cada um, e leva ao vazio existencial. A consciência de ser é o alicerce de onde tudo deriva. Este preâmbulo é importante para tecer algumas considerações sobre o etarismo, ontem e hoje, trazendo à tona a *mulher de 30 de Balzac*, para início de conversa.

Trintona, quarentona... Por que não a expressão *vintona*? Nunca se ouviu, quero crer. Talvez porque o percurso dos 20 anos se constitua na idade áurea, principalmente da mulher. Isto deixa muito claro o preconceito quanto ao limite de idade em que se permite à mulher ser linda e poderosa. Já nem falo em sessentona ou setentona, pois esse transcurso de vida demanda muito peito – e não é de silicone – para transmutar em vitória os inúmeros desafios – idade, gênero, grupo, etnia, clã, tribo, linhagem, família, estirpe, ramo, sangue.

Houve um tempo em que se falava em *mulher de 30*. Literariamente, na argúcia e sensibilidade de seu olhar, Honoré de Balzac exalta a maturidade, inteligência e independência da mulher, somadas à beleza feminina, no pleno vigor de seus 30 anos. Porém, essa visão do autor ia contra o modo de ver da época, que tinha como padrão de jovem e linda apenas a mulher no decurso de seus 20 anos, ignorando também suas qualidades intelectuais ou de consciência de si mesma, em autoconsideração e liberdade própria.

Qualquer semelhança ainda hoje não será mero engano. Não se percebe que esse modo de ver tenha mudado radicalmente na sociedade. Infelizmente, nos 180 anos transcorridos da obra de Balzac, a questão de idade guarda ainda seus preconceitos, como peças de valor. No mundo real, a quem viveu ou vive esta idade, *mulher de 30* teve e ainda tem um caráter pejorativo e nada *honorável*.

Vê-se, no presente, mulheres que se apavoram ao chegarem aos 30 anos, sem terem suas vidas direcionadas ainda. É aí que se manifestam também os primeiros sinais de *decadência* do viço físico. Envelhecer torna-se sinônimo de decrepitude, e todos seus sinônimos lembram falência. Sabedoria e maturidade não despertam cobiça em ninguém. Onde a sabedoria alimentaria o viço do imediatismo ou da competição? Sem competição, como alimentar o consumismo? Sem consumismo, e sem competição o mito da beleza, centrado na primazia das aparências, morre. Paro por aqui...

A expressão *balzaquiana*, contrariando o intuito de Balzac, sempre passou um gosto azedo de rejeição às *trintonas*, e depois às *quarentonas*, afogadas implacavelmente no poço da cultura etarista e misógina, fora outros tantos preconceitos. Na década de 90, encarou-se já com certa tranquilidade os 30 anos, porém já nem tanto os 40. Terá sido isso positivo? Teremos conquistado mais 10 anos de valia, neste século? Ascendemos a uma mentalidade de maior maturidade? Nem tanto. O etarismo não cedeu, apenas se estendeu, dado ao avanço da tecnologia em estética, entre muitas outras áreas. O predomínio da aparência ainda reina.

A consciência de si mesmo no senso de uma beleza efêmera, propagada e travestida de felicidade, afeta e consome a dignidade humana, tanto em homens quanto em mulheres, mas mais cruelmente na mulher. Ela nos distancia de um conhecimento mais aprofundado de nós mesmos e nos banaliza. O problema não são os procedimentos em estética, a moda, o cuidado em vestir-se, o sentir-se bem. É a tirania do manter-se sempre jovem e belo limitado ao físico, imposto como único, ou o maior valor para alcançar a felicidade.

Nossa demanda, física e mental, é de baixa qualidade. Competição, fama e sucesso são nossos alvos, independentemente de quem ou do que estamos utilizando como escada. Transformamo-nos em máquinas. Somos supridos, programados e acionados de fora, por uma inteligência artificial, nunca pelo ímpeto de uma real necessidade. Não se trata de rejeição gratuita à tecnologia, bem-vinda e necessária à medida que evoluímos. Trata-se do que fazemos disso, amortecidos ou hipnotizados por um maravilhamento *imediato*, ou seja, sem a *mediação* do nosso senso de escolha. Vendemo-nos, a troca de um fútil prazer, e nunca nos perdoamos por isso. Ainda bem, porque essa intuição que nos condena traz um pouco de equilíbrio, embora aumente o peso das culpas.

Temos sede de substância, mas nos perdemos no vazio existencial do relativo e fugaz. Limitados ao endeusamento do corpo físico, ao patamar salarial, à zona onde residimos, ou ainda em que tipo de atividade profissional nos enquadramos, deparamo-nos diante de um angustiante desconforto interior. A falta de sentido que vamos moldando no nosso viver adulto nos trava. Mas afinal, no transcurso de nossa adultez, não deveria acontecer nossa grande conquista de liberdade, sabedoria, amor-próprio e discernimento de valores? É o momento de nos derramarmos no mundo e conquistar nosso espaço, e não nos aprisionarmos numa cela de hierarquias, preconceitos e alienação em massa.

O que tem isso tudo a ver com a relatividade de Einstein? Suponho que nada, pois estamos na instância da vontade e das escolhas pessoais, não na exatidão e imparcialidade da Matemática e da Física. Entendamos que no sítio do relativo existe o conveniente, e nele grassa a relatividade dos interesses imediatos de um poder alheio à equidade.

Século passado. Milênio passado. Teremos superado tal impasse, de lá para cá?? Talvez, mesmo que truncados entre relativo e absoluto. Quanto ao espírito da obra clássica *A Mulher de Trinta*, confiemos que, quase dois séculos transcorridos pela humanidade até então, homens e mulheres possam se somar ao transcendente espírito de Balzac, destarte sem sufixos preconceituosos e aviltantes do direito de viver *honoravelmente*.

A DOR DOS 40 NA DÉCADA DE 90

Não posso ver a minha vida assim, escorrendo pelo ralo, sem querer torná-la densa e significativa. Vejo as pessoas da minha idade transitarem despreocupadas, parecendo inconscientes de envelhecer. Será que sofrem caladas? Serão alienadas? Por que devo ter esta consciência tão aguda a toda hora? Que fazer? Mentir que gosto, que é sublime esfarelar-se a cada dia, deformar os traços, enrijecer a pele, antes tão macia, ver olhos e cabelos perdendo viço e brilho?

Devo, fingidamente, adentrar na classe dos que transcendem? Será que de fato transcendem? Ou é apenas um golpe de misericórdia, um último suspiro, uma última tentativa de sobreviver com dignidade? Não percebo ninguém se revoltar. Todos se calam e parecem conformados. Sim, se ajustam a uma formatação, como uma argila.

Vejo meu envelhecimento no espelho. Pareço a única a não me conformar. Mas que merda! Não tem um pedaço do meu corpo que não esteja se transformando para pior! Comecei a odiar o espelho. Levei cada susto ao ver-me em ângulos um pouco desfavoráveis, que desconfio que mesmo os favoráveis vão me pregar sustos maiores. Estou ficando feia. Definitivamente estou me tornando invisível para o mundo. Homem nenhum se vira mais para me olhar, não ouço mais cantadas.

Pinto o cabelo, passo cremes, me besunto com hidratantes, que é o que posso. Se pudesse mais, passaria a faca nas gorduras, encheria as rugas com silicone, me jogaria numa máquina de fazer gente nova. Mas acho tudo isso triste e inútil. Alguém já amou uma rosa murcha? Sinto-me assim, dos dois lados, alguém que não consegue amar uma rosa murcha, e sou essa rosa murcha. Onde se ensina a envelhecer? Quero cursar essa escola.

Quando eu tinha 20 anos, me achava feia. Lindas eram as capas de revista. Hoje aos 40, vejo o quanto era linda, apenas por ter 20 anos! Eu era capa da juventude e não sabia. Mais 20 anos, por certo, se viva, vou lamentar os 40 que não vivi. Por que tem de ser assim?

Meu tio morreu vai fazer três meses, com 80 anos. Fico pensando no que resta dele no túmulo. No dia do velório, vi seu corpo velho, num caixão pobre, recoberto de flores amarelas. Coloquei uma orquídea em suas mãos tramadas. Uma mosca teimava em pousar no seu rosto e nas suas mãos, a desgraçada! Parecia querer acelerar um processo inadiável, que já fora desencadeado.

Fico pensando na sua porção incorruptível, onde se encontra? Aprisionada ainda nos miasmas de seu corpo? Ou será outra coisa? Ou não será... É tudo tão possível e tão improvável...

O meu pedaço incorruptível onde está que não me socorre nesta aflição? Amanhã vou fazer alguma coisa! Cursar uma faculdade, vou adotar um filho, jardinar, ler, tapar buraco, vou ficar louca! Vou fazer qualquer coisa que não me deixe ver o dia escorrer, feito ampulheta no deserto, areias do Saara.

O FANTASMA DO BRECHÓ

Parafraseando Vinicius, me desculpem os corajosos, mas medo é fundamental.

Respeito os que gostam, compram e usam roupas do brechó. Até admiro, como politicamente correto. Mas cá entre nós, me dá um arrepiozinho na espinha, meio mórbido, só de me imaginar com uma roupa de brechó.

Quem terá usado esta roupa? Viverá ainda, ou estará morto? Quantas lágrimas terá derramado? Quantos delitos terá praticado? Seria um psicopata? Teria uma doença contagiosa? Seria desapegado aos bens materiais? De bem com a vida, bem-humorado, descolado? Ou sisudo, azedo, grosseiro?

Também fico pensando no meu desdobramento virtual, ao imaginar alguém usando uma roupa que foi minha, porque faço doações à troca de cada estação. Tem um pouco de mim naqueles fios tramados que me cobriram e me deram parte da minha identidade por um tempo. É como me diluir um pouco no anonimato, na humildade da carência alheia. É me sentir um pouco parte de um lado paralelo que se perdeu nos meus passos.

Falando nisso, lembro do pedaço de uma música de Bob Dylan, com versão da letra de autoria e interpretação de Zé Ramalho (que já escutei trocentas vezes, e não consigo enjoar): NEGRO AMOR – Lindaaa! "Um vagabundo esmola pela rua, vestindo a mesma roupa que foi sua"...[7]

---

[7] https://www.youtube.com/watch?v=4ieb-nZbyn8&ab_channel=ZeRamalhoVEVO. Acesso em: 15 set. 2022 - Ze Ramalho - Negro Amor (And It's All Over Now, Baby Blue).

Frente a tantas perguntas e reflexões, vem-me uma constatação irrefutável: lembro das roupas mal secas, nas pequenas áreas dos "apertamentos". Ficam fedorentas, um cheiro insuportável. Vai daí que penso de onde vem este mau cheiro. DOS RESÍDUOS! Mau cheiro provém sempre de bactérias se alimentando e se proliferando fartamente de resíduos, macro ou micro. Por isso, meus arrepios incontroláveis só de pensar numa roupa usada por quem não conheço.

Por mais que se lave, nunca uma roupa fica completamente imune dos resíduos. Simplesmente, com sol e ferro quente, eles ficam estabilizados e não exalam odor. Só se revela quando o tempo de umidade se prolonga, dando vida aos micro-organismos que se proliferam nestes resíduos: de sabão e PELE (valha-me!) da pessoa que usou estas roupas.

Isso sem falar nas energias etéreas que acredito/desacredito. Sempre imagino isso, quando olho os brechós (um tanto poeirentos, obscuros e misteriosos), onde sempre me vejo profanando um lugar sagrado, se pisar lá. Vai que eu uso a roupa de um morto, e ele queira tomar posse de seus resíduos, para viver de novo? Se isso acontece, ele não vai querer morar comigo? Melhor não arriscar...

PONTO AVESSO

Estava na fila do bufê para almoçar. É um restaurante charmoso, comida boa, ambiente amplo e organizado, com bastante variedade de comidas, localizado num bairro tido como classe média alta. De repente meus olhos se fixam numa pessoa que chegou um pouco antes na minha frente, segurando o prato e dirigindo-se a servir-se. Na verdade, chegáramos quase que ao mesmo tempo na fila. Quando me viu, sorriu um tanto encabulado, me cedeu o lugar, posicionando-se atrás de mim.

Mas meus olhos tinham sido atraídos pelo seu blusão tricotado em azul petróleo. Mais precisamente em alguns fios rebentados e desgastados em vários lugares, e no folgado da tecitura, traindo já muitas lavadas e muito uso. Dava-me uma visão de coberta onde dormiria também, talvez, seu cachorrinho.

Meu olhar prendeu-se, como que enganchado nas pontas daqueles fios curtos e retorcidos. Brotou no meu cérebro um senso maldoso de crítica, e minha mente, às avessas, começa a tecer conjeturas, num espaço de pouquíssimos segundos. Ele deveria dormir com o blusão, levantar-se, fazer refeições, sentar-se para ver televisão, recostar-se para sestear, passear com seu cãozinho, tomar banho e voltar a vesti-lo, vezes e dias sem conta. Não me parecia, olhando-o de soslaio, ser alguém carente de recursos. E, deslocada de todas as minhas considerações, percebi em seu sorriso, aparentemente encabulado, uma luminosidade e clareza de quem está em paz.

Algo se condoeu em mim. Senti-me vulgar e cruel. Povoava ele o mundo da terceira idade, tanto como eu. Servi meu prato e fui me sentar. Ele era magriço, miúdo, cabelos lisos brancos, de comprimento em corte inteiro, vestia uma calça de moletom preta e calçava uns tênis escuros. Seus olhos eram também escuros, e humildes como seu blusão.

De boas, talvez um jovem o descrevesse, quanto ao seu olhar e expressão. Seu rosto tinha rugas, e seu andar era meio encurvado. Mas pairava uma leveza nele. Não era encurvado de cansaço, daquele peso do tempo vivido que nos recusamos a largar, mas de soltura na postura apenas, como se caminhasse num impulso de jogar-se para a frente. Como se seus pés pisassem o amanhã, nunca o ontem. Vejo-o, daí a um tempinho, ir servir-se novamente.

Fico pensando, enquanto vou pegando batatinhas fritas com os dedos, uma a uma, no meu prato. Nunca fui muito de etiquetas, e fiquei me perguntando por que o condenei pelo desleixo do blusão... Romanticamente, teço ponto por ponto minha larga imaginação. Se apaixonada por ele, o aceitaria por parceiro na minha vida? Até onde iria seu desleixo? Talvez não escovasse os dentes, com a devida frequência, fosse avesso a banhos diários, talvez gostasse de ver só filmes de guerra, quem sabe iria dormir às 9 da noite, e se levantasse às 5 da manhã. Aliás, muito já fiz isso. Quem sabe também gostasse de dormir de ceroulas cheias de furos...

Bem pior do que tudo isso, para mim, seria ele ser raso em reflexões, bate-papos, filosofia, metafísica... Não que eu me julgue uma expert nesses quesitos, mas gosto de dialogar, e de que alcancem minhas divagações minimamente, e que até me desafiem com novos enfoques e reflexões. Numa parceria amorosa, ainda que imaginária, não gosto de ciúmes, mas tão pouco de tanto faz. Espero um embate, alguém que me ofereça resistência, mas que ceda na hora do encantar-se. Meu Deus!!! Estarei já casando com ele?!

Como seria beijar ele?

Não aparentava nada de minhas obscuras considerações, exceto quanto ao descuido do blusão. Mas quem descuida assim e sai com um blusão assim, e exibe toda aquela leveza e despreocupação assim, pode muito bem deixar-se no desleixo total em casa, e tanto faz como tanto fez...

Volto à leveza. Seria gostoso abraçar e ser abraçada por aquele corpo franzino. Se nos abraçássemos de pé, seríamos duas superfícies lisas, bem juntinhas a transmitir e trocar ondas de afetos guardados nos nossos corpos solitários. Em silêncio, e imóveis, sentiríamos nossos corações baterem, vivos.

Transito meu olhar pelo espaço largo de todo o restaurante. O burburinho parece entrar de repente na minha consciência. Olho com um olhar vago para coisa nenhuma, e divago sobre as pessoas. Uma vez me indaguei sobre o sentido da palavra *pessoa*. Logo a seguir eu mesma me respondi. Pessoa é o plural de indivíduo. Quando o indivíduo se reconhece pessoa, e também aos outros, está de fato integrado a um grupo humano.

Velhos são pessoas, crianças são pessoas, jovens são pessoas. Constato desde algum tempo essa verdade. Mas a verdade mais incontestável é que pessoas amam e precisam ser amadas, livres de seus apêndices qualificativos. Dou um longo suspiro. O amor não se restringe a sexo, que é o que todos logo pensam sobre um relacionamento entre idades maduras. Mas também não se restringe a sexo em qualquer idade. Na real, tudo depende da nossa índole, e da força de um sistema ou de uma cultura, os quais nos permitamos infringir.

É uma infração que não demanda culpa, nem condenação. São crenças, guardadas em caixinhas de cetim, que confinam as pessoas e as etiquetam, e as carimbam, e as condenam a ser o que não querem ser, e as sepultam vivas. Ou melhor, nós mesmos nos autossepultamos.

Teria ele mulher?

Acho que não, estariam almoçando juntos, penso. Volto às batatas. *Ao vencedor as batatas...* Sinto-me perdedora, apreendida nesta malha mental, tecida de superficialidades. Dou uma lambida no sal, na ponta dos meus dedos. Tento silenciar minha mente.

De repente imagino-o despido. Despidos somos todos muito parecidos. Vi-me despida também, e assim todos ali no restaurante. Nus, ninguém é merecedor de julgamentos, pois fragilidades e vergonhas nos condoem e nos fundem. Uma nudez coletiva desperta um sentimento coletivo de necessidade a ser suprida. Somos todos carentes de afeto. Há um lapso de identificação e fusão no humano, numa humildade profunda e muda. Desnudar-se para si mesmo traz à tona o falível que escondemos.

Uma porta larga se entreabre, para o alívio das culpas.

Como num jardim do Éden sem serpente, e sem árvores proibidas, volto ao blusão azul, roto e desgastado, humilde e, afinal, inocente. Ou melhor, volto a quem o veste, e me encanta pela ousadia do "nem aí".

Penso na sobremesa. Mas percebo o garçom na recolha do bufê. É hora de fechar.

O MUNDO NO FUNDO DO MEU PÁTIO

É um canto onde a civilização não passa. Ali floresce o funcho, a cidreira, e viceja o inço. Ali as flores do mato se assanham sob o vento, junto às laranjeiras e figueiras, tudo debaixo do frondoso abacateiro da vizinha, que teima em estender seus braços para o lado do meu pátio. Ali, naquele canto, mora alguém. Alguém que me puxa pelo braço e me detém, quando passo distraída. E me prende os olhos como que hipnotizando e abre alguma coisa dentro de mim, sem pedir licença, e vai entrando, e tomando conta de todo o meu eu. É como se fosse o dono do tempo, ou coisa assim. Não consigo batizá-lo nunca, a não ser por "aquela coisa". E talvez resida aí o fascínio do mistério.

Sei que é o mesmo alguém que morava naquela sanga, no fundo da minha casa pobre, na vila, quando eu era criança. Lembro o zumbido das moscas e o calor que me imobilizava. Eu não pensava em nada, nem fazia nada, a não ser abrir a porta da inocência e deixar entrar aquele ser invisível que me absorvia inteira.

Sei também, descobri há pouco, que ele tem muitas moradas, das mais variadas e insólitas. Me surpreendeu um dia num bule de café, fundindo-me nele, nos fazendo a ambos imensuráveis. Noutro dia, eu o surpreendi, filtrando pelo sol, na janela do meu quarto, fazendo retalhos na minha colcha. Mais um dia ainda, peguei-o na vidraça da minha janela, meus braços abrindo-a, na repentina consciência da força que me movia, dividida na harmonia de dois braços. Fico imóvel, pasma, fascinada e feliz com sua presença. É a unificação, onde a solidão não entra, é a fusão universal, onde o eu vira nós, e o nós se funde à imensidão do silêncio de palavras. É a paz. A beleza imprevisível em qualquer tempo e lugar.

Ele é dono de todas as esferas, habita onde bem quer. As peças mudam de lugar, no jogo da vida, e num "click" o real, que é o mundo que posso tocar quando quero, me toca como irreal, quando bem quer, e me vira do avesso. Ou do direito, quem sabe... Aquele canto, de alguma maneira fantástica, está ali desde sempre e ali permanecerá, mesmo que a roda siga girando, e o tempo teça ali seus emaranhados. Toda a porta que em mim se abre ao fascínio das coisas, mesmo que só eu as veja, sei que foi o sopro de quem habita o mundo no fundo do meu pátio.

O MURO

Estava no percurso de minha caminhada matinal. Saí do meu condomínio, parei na calçada e olhei o trânsito. Aproveito o momento vazio de veículos e atravesso. Cruzo uma pontezinha na calçada, sobre um córrego. Este vem de longe, percorre o bairro todo, em sinuosas curvas. Aqui, na minha rua, atravessa submerso abaixo do asfalto, da minha calçada para a do outro lado, cruzando a via. De um lado ou do outro, constitui-se, em suas laterais rasas e arenosas, num farto depósito de plásticos, latas, garrafas e outras bugigangas, trazidas pela correnteza, nos temporais.

Do lado da calçada do condomínio, as beiradas do córrego são fartas também em bambuzal, o que atenua o descuido do lixo, escondendo-o com paredes de galhos folhudos, vivos, que esverdeiam macios e dançantes a lateral do bloco onde resido. Em dias de chuva intensa, o córrego se adensa turbulento, se enfurece, transbordando em torrentes caudalosas. E assim todo o lixo é carregado para longe. Sinto-me aliviada e limpa de alma, quando a chuvarada estanca. As nuvens se extraviam em outros horizontes e os pássaros começam sua algazarra de fim de tarde. Porém, não consigo parar de pensar...

— Para onde aquele lixo todo se escoa?!

Vejo casebres e crianças pisando descalças no lodo, fazendo bobos brinquedos de caixas velhas, caçando surpresas no esgoto. Mulheres desgrenhadas com filhos pendurados no quadril. Isto que me vejo pensando me parece muitas vezes um filme, mas é tudo real. Lembro de um curta premiado falando da Ilha das Flores. Lá uma mulher, em seu casebre, faz sopa de papelão num caldeirão posto no fogo de chão, para seus filhos.

Nestas alturas a culpa me invade pela graça de morar num lugar limpo e razoavelmente cuidado. Também pela minha mesa farta, pelo conforto físico, pela minha saúde, e meu nível intelectual, construído nas boas escolas, da infância à fase adulta.

É uma culpa esdrúxula porque me fala de coisas ocultas, as quais minha razão não alcança. Sinto que se eu fosse, caso possível, uma eterna doadora de meu tempo, de alimento e condições sociais dignas para os necessitados, ainda assim nada me apaziguaria desta dissonância, desta minha realidade díspar sobre o outro. Isto me desnuda uma soberba camuflada de generosidade. Por que eu e o *outro*? Por que *eu e ele*, e não *nós*? Tudo que eu possa fazer de benemérito me cheira a esmola, a compra de minha paz de espírito, ou a usurpação da dignidade alheia. Algo em mim desce muito mais fundo do que meu ego possa alcançar, me escaramuça e me deixa inquieta, num desconforto que me exige algo sem adversidade, sem condição prévia, sem todavia, nem contudo.

No bambuzal ao lado do meu bloco, onde costumo descansar meus olhos e adentrar na imaginação de outras esferas, percebo sutil movimento das longas e fartas hastes de bambu, também chamadas taquaras. Ali, periquitos, pardais, bem-te-vis, pombinhas rolas e outras aves buscam abrigo quando anoitece. Gosto quando o vento bate mais forte nos bambus altos e robustos. Faz um crepitar semelhante a labaredas, estalando numa imaginada fogueira, numa noite fria, mesmo ao sol do meio-dia. Quando me embeveço na beleza divina da criação, a culpa me deixa em paz.

Sigo caminhando. Adentro num atalho à minha direita, por meio de um beco que desemboca numa pracinha linda, quando a prefeitura a limpa, corta a grama e recolhe o lixo e os entulhos que encobrem qualquer possibilidade de admirar o belo que ali mora. Como a limpeza costuma acontecer de mês em mês (quando muito), a beleza submerge ao desencanto diário e contumaz do abandono público, e da falta de senso comunitário que grassa em nossa realidade.

Já aprendi, quando lembro, a descolar o espírito crítico, e pousar meus olhos no alto das copas das árvores robustas e verdejantes. Ali também os periquitos se imiscuem no verde das folhas, e nele se confundem. Também isto me confunde e me disfarça da tristeza, na desigualdade humana que me bate à cara, todos os dias. Reconheço, na beleza gratuita que vou bebendo ao longo de minha caminhada, que o Reino dos Céus poderia ser aqui mesmo, se aprendêssemos a sintonizar na estação certa.

Atravesso o espaço de um quarteirão que ocupa a praça. Cruzando a próxima avenida, calçadas em desalinho me oferecem sempre, o tempo todo, possibilidades de tropeço. Ao fim de uma quadra, chego na esquina onde costumo dobrar, à esquerda. Quando desço o cordão de pedra da calçada, meu olhar cai sobre um homem que vem em direção contrária, pelo paralelepípedo, a uma certa distância. Vestido humildemente, sapatos maiores que os pés, esgarçados e descascados, roupas surradas e pouco limpas, mas ainda não tal qual seria alguém em condição de vulnerabilidade social. Não era pedinte. Estava trabalhando. Vi uma carroça de duas rodas, entulhada de papelão até o alto, como uma torre de babel, e quinquilharias penduradas nas laterais. Na tal carroça, o cavalo era o homem mesmo.

Chegou-me aos ouvidos uma melodia. Continuei caminhando e me aproximando do papeleiro, que se mantinha ainda parado, descansando, à sombra de uma pequena árvore. Não levou mais do que um minuto até ele. O som foi crescendo. Quando passei pela carroça, vi um radinho de pilha pendurado. Vinha dali!

THE WALL!!! Pink Floyd!!! Gente! o carroceiro está escutando Pink Floyd!!! [8]

Instantaneamente lembrei de meus trabalhos acadêmicos sobre Bourdieu, falando do engodo do sistema que vilmente induz a crer que é possível ascender de uma classe social para outra. Usei essa música de fundo na apresentação de um trabalho para a classe. Minha fala indignada dizia em alto e bom som: "Veja só, diz a hipocrisia do dominante: a classe de baixa renda não podia ter televisão e geladeira, hoje pode! O estudante *pobre* não tinha acesso ao ensino superior, hoje tem. Claro, não se pode negar o benefício deste alcance", dizia eu para a classe atenta.

— Mas não é um benefício concedido! Não é nenhum favor! É conquista, a duras penas, pelo suor e pelo sangue de quem luta pela dignidade sua e de sua família. É um discurso de *enganar-bobo*, continuava eu, indignada.

Fico pensando, enquanto sigo meu percurso. Nunca é dita a verdade subjacente, escamoteada sobre o ontem e o hoje, na sempre cruel hierarquia social dominante. Todo o avanço de poder, em capital econômico, intelectual, cultural ou social, alonga a distância hierárquica.

Mas isso tudo parece tão complexo...

Me disperso em considerações, olhando com estranheza meus pés andando, como se meus não fossem. Retomo a melodia e relembro do carroceiro. Pink Floyd iluminando a rua de passado, mas mais presente do que nunca. Estou quase chegando noutra grande avenida, onde bato em meia-volta.

O que entenderia ele desta música? Nada! A começar por ser em inglês. Mas não precisaria nem ser carroceiro para não entender inglês. Restaria o proveito da melodia, talvez? Confesso que senti vontade de falar tudo isso pra ele. Para que ele visse que está numa fila gigantesca rumo a

---

[8] https://www.youtube.com/watch?v=5IpYOF4Hi6Q&ab_channel=Piccologollum. Acesso em: 20 mar. 2022. "Another brick in the wall" – Pink Floyd.

uma máquina de fazer salsichas. Que esta música é um alerta para ele cair fora!

Mas o que seria cair fora, para quem nunca esteve dentro? E eu? Já não estarão moídos meus miolos? Não serei um dos bobos que sucumbem ao discurso engana-bobos? Quer queiram quer não, todos pertencemos a uma classe, que, a meu ver, quanto mais alta, mais cruel, mesmo que inconscientemente, algumas vezes. Porque a alienação não é um estado só dos socialmente desprivilegiados. Como se faz para sair desta fila de zumbis? E caso consigamos sair, o que faremos com os que lá escolherem permanecer?

Gosto tanto desta música! Talvez seja identificação com meu destino e o destino da massa humana desvalida. Porque desvalido também não se resume a nível financeiro, nem social ou cultural. A impotência é o sentimento mais cruel de desvalia. Moído está sempre o meu coração, diante deste meu nada poder fazer, nisto tudo. Silencio por breve tempo minha mente.

Volto a pensar. Não estarei eu me travestindo de bondade? Não será esta agonia apenas mais uma disputa com outros egos? Tenho vontade de morar num casebre, sem muros, nem paredes caiadas, nem luz, nem gás, nem jardins nem grades. Faria fogo de chão, cozinharia uma sopa de razões que me inquietam. Talvez mitigasse minha fome de inocência perante as injustiças. Talvez aumentasse minha culpa pela inércia, que me desmente da busca por justiça.

Volto, em lembranças, à pequena cidade onde nasci. Meu pai biológico, prestes a me entregar para adoção. Mineiro de carvão. Horas, dias e anos a fio soterrado nas galerias asfixiantes de extração, que decretam seu fim. Tuberculose.

Bato em meia-volta. E me absorvo no rejunte da calçada de pedra sabão, onde brota uma minúscula flor. *I was only 5 years old, so...* Eu era então apenas 5 anos velha... Apenas uma velha de 5 anos. Nunca o inglês me pareceu tão pertinente, congruente, exato e verdadeiro. *Break the wall!*

O PESADELO DE LOLITA

O ar era denso e a luz amarelada esmaecida parecia vir de dentro da madeira marrom-escura dos pesados e antigos móveis do quarto. A cabeceira de sua cama em brocado de seda rosa parecia exalar ainda a mornidão do seu sono desfeito por um despertar agitado e nervoso. Era difícil respirar o silêncio tombando nas paredes, no chão de parquet em losangos, nos longos corredores em trevas do sobrado na silente e pálida Rua dos Machados, feita imagem da agonia, nos temores de Lolita.

Sentia-se assustadoramente só. Não parecia o seu quarto acolhedor, lhe cobrindo e protegendo da amarga secura e dureza de sua madrasta, em tantas outras vezes. Era agora um vão oco, impossível de nidar, como um útero seco. Alba viajara com seu pai e só voltaria depois de dois dias. Nunca ficara só, muito menos fim de semana, quando a empregada tirava folga. Olhou a pequena agenda, diário de sua madrasta, que descobrira no quarto dela e aproveitara sua ausência para pegá-lo e dar uma lida. Folheou ao acaso. Quem seria Lúcia, um pseudônimo de Alba? Largou entediada o pequeno livreto e sentou-se na beira de sua cama.

Nos seus 13 anos de desassossego, desvalias e perdas, se habituara a não ser ninguém que não viesse moldado pela aprovação alheia a si mesma. Pais "verdadeiros" mortos, de quem vagamente lembrava, mãe adotiva morta, de quem não queria lembrar, lhe restavam o pai adotivo e a madrasta pelos quais não nutria simpatia nem gratidão. Lolita sentia-se ingrata, desamorosa, ave sem ninho, de origens turvas, do bagaço da fruta, no vulgo "bagaceira". Mas graças à generosidade impagável de seus pais adotivos, poderia tornar-se gente "de bem". Discurso de contínuo proferido, essas palavras constituíam suas certidões de nascimento, recitadas com frequência, quando agia de modo que não agradasse seus atuais progenitores. Aprendera que pra sempre seria duas. Uma que era, mas não podia ser, outra que não era, mas precisava ser.

Vestiu seu roupão de pelúcia rosa e antecipou-se pensando em seus desabalados pés voando do corredor até a escada, pulando os degraus como em sonho, flutuando até o piso de baixo. Se conseguisse chegar à rua, atravessar o pátio, os jardins e ultrapassar os portões, cruzar a estreita rua, chegaria à casa da frente, de sua amiga, que morava com os pais. Diria do seu medo e por certo ganharia abrigo.

Ouviu um estalido na direção do quarto do fundo. Sentiu-se tremer e não era de frio. Se restava alguma dúvida em fugir para os vizinhos da frente, neste momento teve certeza do que fazer. Abriu a porta pesada que rangeu na dobradiça. Dirigira sempre, nas suas preces, mesmo que a destinatários ambíguos, o pedido para ver a alma de sua mãe "de verdade" que não conhecera. Mas, definitivamente, neste instante suplicou que tal desejo fosse adiado ou desconsiderado.

Temia ver, apesar da escuridão espessa, um par de pés descalços cor de cera atrás das cortinas da janela, ou um vulto de homem de paletó preto, rasgado, plantado junto da parede, como um cabide mórbido, tal um palhaço triste e miserável, mas capaz de raptá-la para o além. Temia sentir mãos frias na sua nuca, ou um sopro, um bafo fétido, um gemido esvoaçante, como os véus das virgens gregas, destinadas ao fogo sagrado dos deuses. Temia levar uma bofetada na cara, de mão transparente, etérea, como lhe contara uma amiga na escola, que acontecera com outra amiga. Temia ouvir gargalhadas pipocando pelas paredes, ver pedaços de miasmas, mas, mais do que tudo, temia que algo a tocasse sutilmente. Que uma energia imponderável pudesse envolvê-la, imobilizá-la e apoderar-se do pouco seu que acreditava ainda ter de bom.

Quando apagava a luz e ia deitar-se, subia rápido para seu leito, sempre imaginando que mãos geladas surgissem de súbito, debaixo da cama, e segurassem seu tornozelo. Estava certa de que se apenas um toque do além a alcançasse, seria suficiente para ser possuída pelo demônio. Perder sua alma fraca e corrompida pelas origens desvalidas de uma família pobre para o poder das trevas era algo com o qual se sentia definitivamente incapaz de lutar.

Pulou de dois e de três os degraus da escadaria em curva de "C" e jogou-se no andar térreo, correndo até a porta da cozinha. Ouviu passos lentos vindos de cima, macios nos tapetes de desenhos persas, e no trilho de feltro que revestia os degraus de pedra branca, escada abaixo. Destravou a porta de mogno e viu-se, sem bem saber como, pulando porta afora, na calçada de ladrilhos, a correr na direção do portão da frente. Virou à esquerda da porta da cozinha e novamente à esquerda, vencendo um pequeno corredor de grama úmida, entre as paredes da casa e o muro alto – o paredão do sobrado e o céu estrelado, como veludo azul-escuro, bordado de pedrarias. O perfil dos anões de jardim, deitados de bruços, parecia vivo, sombras debochando do seu pavor.

Os passos atrás de si, desta feita, tomaram volume sólido. Antes de dobrar novamente, para ganhar a saída, derrubou um latão de zinco cheio de folhas secas, na intenção de deter seu possível perseguidor. Nervosamente puxou o trinco do portão de ferros pontudos e altos, que se abriu facilmente. Embora em hora inadequada, lembrou-se dos grandes portões pretos, em arcos prateados, do Cemitério São Miguel e Almas, onde sua mãe adotiva repousava, desde seu enfarte fulminante, há quatro anos. Lembrou-se também do chamado dela "Lolita!", quando todos deram as costas e voltavam do sepultamento, em procissão silenciosa, fria, em vultos enegrecidos por um luto que a maioria não sentia. O toc-toc de saltos ritmados

nos ladrilhos regulares do chão, ao lado das paredes enga-
vetadas de túmulos, fotos amarelecidas e escritos de bronze
esculpido eram o percurso de transposição do terceiro andar,
em direção ao térreo – o edifício dos mortos.

Ela ficara para trás do grupo. Era a voz da mãe, com
certeza, nem um instante duvidou, e tal era real que instinti-
vamente se virou para responder. Admirou-se de que ninguém
olhara, respondendo ao chamado. Só ela olhou para o fundo
em "L", já longe, a esquina da gaveta da sua mãe, coberta por
uma coroa fúnebre roxa. Mas uma ausência cinza pesada e fria
se fazia entre os desenhos de folhas de louro em gesso branco
nas pilastras das muretas tipo jardins romanos, ao longo
daquela estrada morta. Por volta de um meio-dia nublado,
um bem-te-vi piou vazio o impossível das palavras dela, com
voz de pássaro. Uma ave, em meio aos ciprestes apontados
pro céu, piou longo e agudo. Lolita nunca escutara até então,
com tanta clareza, a voz da solidão.

Ouviu o ruído de um tropeço no latão de folhas secas!
Precisava correr, mas seus pés pesavam como chumbo. A lua
filtrava em meio às árvores frondosas, no cordão da calçada,
tecendo um rendado grotesco. Um cabo de guerra começou
a travar-se consigo. Uma corda puxada ferrenhamente por
duas forças: uma para o abrigo da casa do outro lado da rua,
outra, bizarra, lhe chamando para ser possuída. O terror a
paralisava, mas ao mesmo tempo lhe prometia uma pertença,
ainda que do mal, que a fascinava.

Mais uma vez, inoportunamente, lembrou das batidas
amarelo-metálicas, tal como sinos ao longe, nas colinas dos
livros que lia. Era o relógio de pêndulo da sala, sobre o balcão,
alimentado à corda por uma chave em borboleta, marte-
lando a cada quarto de hora, nos seus ponteiros dourados,
na madrugada inteira do velório da sua mãe adotiva. Dormia
num caixão preto, em cima da mesa de jantar, com seu vestido
preto de festa, seus sapatos pouco usados de salto alto, seus
olhos vítreos semiabertos, seus cabelos curtos e crespos acaju,

pintados há uma semana, e sua serenidade pálida nas faces de cera, com pequenas veias roxas, como num suspiro cansado de missão cumprida. O silêncio, entrecortado de cochichos, pairava sobre as cadeiras de pau marfim, braços torneados, de assento de veludo vermelho, dispostas ao canto das paredes. As pessoas sentavam, com cara de "tztz", movendo a cabeça quase imperceptivelmente, simulando, talvez, um semblante adequadamente turbado para o momento.

Juntou todas as forças que lhe restavam e conseguiu transpor a distância para o outro lado da rua. Entretanto, sentiu uma respiração ofegando, talvez ao meio da rua ainda, em sua direção. Empurrou o portão de bronze da casa da amiga. A luz mortiça do lampião de jardim lançava sombras dos fícus, das cercas-vivas em arcos, das trepadeiras, tudo enegrecido pela noite, pelos muros e pelo terror. Como se ainda fosse possível, seu terror se tornou mais gélido e grotesco. Lembrou, em transe, de que sua amiga fora com os pais para a chácara. Encostou-se na coluna de alabastro da varanda e fechou os olhos, num gesto infantil de que tal atitude a tornaria invisível. Um chiado forte, como o mar espumando, encheu-lhe os ouvidos.

— Lúcia! Lúcia! Acorda! Tá dormindo aí no sofá, apague a televisão! É madrugada!

Seu marido volta-se rumo à escada que o leva a seus aposentos.

Lúcia recosta-se, tentando organizar seus pensamentos. Na pequena mesinha, debaixo do quebra-luz, está sua pequena caderneta, onde anota seus sonhos. Rabisca algumas palavras-chave, para não esquecer o enredo do sonho. Uma sensação pesada lhe imobilizava os gestos.

De repente, a porta da frente se abre bruscamente e um vento gélido balança as cortinas de *voile* de sua janela. Um vulto enorme, disforme, escuro e sufocante como fumaça adentra em sua direção, e um gemido grotesco se espalha pela sala.

— Alba, Alba, Alba! Acorda, menina, vai para a cama, tens que te levantar cedo...

Alba levanta, trôpega, bêbada de sono e sobe a escada do sobrado antigo, em penumbra. Quando atinge o topo, solta-se a pantufa peluda do seu pé e ela tropeça, despencando escada abaixo, num grito estridente.

— Lolita! Chamou, meu bem? Mamãe está aqui... dorme em paz, amor meu! Não foi nada, só um sonho! Fico aqui, até você dormir, tá bom, meu anjinho?

Um suspiro longo e fundo percorre as paredes daquela casa, ao abrigo de uma rua sem saída. As madeiras do teto do sótão estalam. Dos porões exalam ruídos estranhos. É noite alta e o sono cai sobre seus habitantes.

PSEUDÔNIMO

Primeiramente se despiu das paredes do seu quarto, do chão e do teto. Ficou assim, em sua cama, flutuando em cima do quarto do oitavo andar e ao abrigo das coisas que flutuavam no décimo andar. Em seguida achou melhor despir-se de todas as paredes do seu apartamento. Sentiu um enorme alívio ao sopro do ar da manhã no seu cabelo e no lençol que a cobria. Suspirou profundamente frente à luz do dia que preenchia por completo todos os espaços.

Viu os vizinhos de baixo e os vizinhos de cima em suas lides matinais, pairando no chão transparente. Mais estranho os de cima, pois via-os dos pés para a cabeça. De baixo para cima os perfis ficam paradoxais. As nádegas parecem puxadas para baixo, se amontoam pesadas nas coxas, que, como troncos, sustentam uma silhueta robusta de braços finos e pés grandes, um corpo meio em descompasso, como num quadro de Tarsila.

A roupa ideal, o peso certo, manequins, modelos, cinturas, bustos, músculos rígidos, nada disso. Via-os nus, em seus banhos, despidos de seus recursos. Os meninos, o pai, a mãe, todos corpos tão somente, carne molhada e ensaboada, numa humildade alienada, simples e resoluta como a água que escorria na pele e rolava abaixo, formando uma lâmina no chão transparente que a tudo sustentava.

Achou melhor ainda despir todo o prédio, e os prédios vizinhos, e mesmo a cidade. Pronto! Agora estava bom. Também despiu tudo de móveis e utensílios, deixando o espaço nu e livre, como na Criação. Levitando no plano horizontal de sua cama, via camadas sobre camadas, chão, paredes e tetos transparentes, e as pessoas se movendo, umas sobre as outras, alheias ao seu olhar. Pessoas soltas no espaço, em diferentes planos de altura e profundidade, umas de pé, andando de um lado para outro, outras como que sentadas, levando a mão à boca, segurando coisas invisíveis. Vizinhos uns dos outros se punham frente à frente, indiferentes, mexericando coisas em possíveis armários, gavetas, prateleiras ou balcões.

Julgando-se protegidos pela invisibilidade que supunham nas possíveis paredes, coçavam-se em partes íntimas, faziam micagens, miravam-se vaidosamente nos espelhos, junto a movimentos de se vestirem ou despirem, pôr sapatos, se pentearem, pegarem objetos. Mas tudo apenas em movimentos puros, como na caricatura de um amanhecer burguês, na mímica de uma dança previamente coreografada.

Podia ver o porteiro lá embaixo, pseudamente sentado, falando ao telefone, pressionando botões de abrir e fechar possíveis portões, tudo apenas gestual. Crianças carregando possíveis mochilas, homens possíveis pastas, mulheres possíveis bolsas, se equilibrando na ponta dos pés, em possíveis sapatos de salto alto. Cada um vestido com a fragilidade de sua nudez.

Espalhava-se verdadeira multidão, do bairro a todos os lados da cidade, até onde a vista alcançava. Dispersa no espaço, ocupava níveis altos, longe do chão da terra, como em edifícios com arquivos e gavetas virtuais, disponíveis apenas ao toque do olhar.

À medida que a distância crescia, os corpos iam se desconfigurando dos padrões humanos, perdendo o formato. Primeiro pareciam pássaros, depois moscas, e mais para a direção do Cais do Porto, para o centro da cidade, minúsculos pontinhos acinzentados pareciam drosófilas. Bem ao longe, fundo, a multidão pairava apenas como uma garoa cor de chumbo, engolida pela fenda do horizonte boquiaberto.

Um tanto de inquietação se derramava em seu peito, com um gosto meio amargo. O ridículo, o triste, e o real humano se entrelaçavam numa dança de ritmos incompatíveis.

Parou um ônibus para embarcar passageiros, também despido de paredes e bancos, e chão e teto. Pessoas enfileiradas, pseudamente sentadas em possíveis bancos, e as que pseudamente se penduravam para entrar numa possível porta. E um pseudomotorista e uma pseudodireção, e um possível destino.

Voltou a atenção para o ninho morno de sua cama. Agora nenhum limite lhe barrava os sentidos. O azul do céu invadia seus olhos, filtrado pelas pessoas se movendo, acima, abaixo, dos lados. O cheiro de terra molhada subia dos canteiros regados pelo jardineiro até suas narinas e se derramava em suas papilas gustativas em gosto de flor.

As sirenes das construções, os motores dos veículos, o gorjeio dos pássaros, os latidos, as vozes das pessoas, tudo vinha como bigorna ao encontro das bigornas dos seus ouvidos. E o vento frio da manhã batia à sua pele, traçando o limite entre o seu corpo e a brisa.

Um sentimento de coisa inteira lhe cingiu. E de pertença. Como se de repente todas as incógnitas tivessem se diluído nos ruídos, nos cheiros, nos sons e na luz da manhã. Tudo estava absolutamente como devia ser, como a resolução de um teorema demonstrado em si mesmo.

Suspirou fundo e lentamente se espichou em sua cama. A penumbra de repente se fez concreta, bem como as paredes, o chão e o teto em seu quarto. E o absurdo urbano a chamou para o chuveiro.

Pseudopensamentos se derramaram no seu possível dia. Ergueu-se, com a sensação de muitos olhos sobre si. Acelerou seus movimentos, no exíguo espaço de 15 minutos. Precisava pegar o próximo ônibus. Não podia se atrasar para o trabalho.

O ENCONTRO

Era uma tarde de neblina. Um quilômetro e meio praia afora, do Matadeiro até o ponto de ônibus mais próximo, na Armação do Pântano do Sul. Eu andava de guarda-chuva, mas não se podia chamar aquilo de chuva. Porém, pelo tanto que precisava andar, as roupas acabariam bem umedecidas, e eu estava indo para o trabalho, precisava me resguardar.

Durante todo o trajeto era deserto puro. Nem uma viva alma. As poucas casas, fechadas, e nem os cachorros vadios, viciados em latir para meus calcanhares, apareciam. O silêncio beirava a mudez dos mortos ancestrais. Só o mar falava, em estrondos, contra as rochas, e no chiar de espumas, contra o cais.

Não parecia uma tarde de calendário, histórica, antro-pozoica. Era um recorte, uma fenda entre mundos e eras, leito de todas as possibilidades imagináveis e inimagináveis, para colar no álbum das dimensões e do cosmo. Os olhos das pedras, da brisa, dos mares, do céu e de todas as águas, o regaço dos morros, os dedos da chuva e a cabeleira das altas ondas se unificavam aos gritos sem boca, dos mortos de sempre, de hoje para trás, e de hoje para a frente.

Eu caminhava a passos largos, pois uma aragem, vez ou outra, antecipava ventos. Passei pela casa do enforcado, um bêbado magro, cabelos crespos e longos, de óculos pequenos e redondos, conhecido por Lennon, que ali vivia sozinho. Foi achado pela exalação malcheirosa de seus miasmas, pendurado no barrote de seu sobrado, depois de morto três dias.

Passei pela gruta, onde uma jovem morrera eletrocutada no bar, jogando baldes de água, lavando o chão de pés descalços. Andando pela areia, ultrapassei duas rochas altas, que me faziam sombras, onde o mar vinha lamber meus pés. Ali morrera uma menina afogada, que viera a passeio, do Uruguai. O mar bravio de águas turvas da lama do rio tragara-a, arremessando-a, sem nenhum dó, ao fundo de seu leito. Quando voltou, carregada pelos surfistas, lívida, lábios arroxeados, teve sua boca soprada, peito massageado, e uma torcida angustiada, à sua volta. Uma voz de mulher gritava em agonia: volta, Verônica! Verônica, volta! Mas Verônica já fora coberta por seu lenço sagrado.

Cheguei ao fim da praia. Ali, sobe-se um pequeno morro por uma estradinha de onde, ao fim, se vislumbra o cantão de onde eu vinha. Do outro lado, à minha frente, o rio Sangradouro, sangrando suas águas barrentas dentro do mar. Mas não é só. Vê-se o mar, até onde a vista alcança, o abrigo da baía ao regaço dos costões, protegendo os barcos como o abraço de uma mãe. E as ondas rebentando com estrondos fabulosos na ilha das Campanhas, coberta pelas redes dos pescadores, estendidas, como que a descansarem da labuta sem trégua do dia a dia. Paro para respirar. Tudo deserto.

No entanto, quando galgo o alto do rochedo, eis que me deparo com ele: majestoso, magnífico, negro como ébano. A formação rochosa em camadas terminava pontiaguda, como agulhas, de onde rolavam ervas do campo, flores miúdas, de colorido variado. Pois ele se equilibrava no mais alto ponto e, no entanto, se punha à minha altura, frente aos meus olhos no topo da estradinha, mas ao pé do monte. Estávamos frente a frente, se é que bem se pode dizer assim. Eu no chão da estradinha, ele no pico da rocha escura.

Ele fingia não me ver, postado de perfil, olhando um horizonte imaginado, além da neblina. O céu, de algodão cor de chumbo, cobria nossa quietude, e a garoa esfarelava em pequeníssimas gotas de cristal que esfumaçavam o horizonte ao longe. E era só o chiar do mar e uma grandeza tanta, ali de cima, que apertava o peito como se fosse vácuo e esmagado por tanta beleza se rompia, e a alma fluía com a neblina que aos poucos se fazia tarde e garoa, infindáveis.

Uma leveza de ser aliviava o peso das horas – o ter que ir embora. Me fazia tão grande, livre e poderosa quanto o espaço gigantesco do horizonte. E ele, ao cimo do pequeno monte, sabia disto tudo, não precisávamos falar. Saboreava igual esta fresta entre o real e o irreal, e nela se empoderava. Mas de um poder concedido, sólido, sem mácula, ou pecado.

A beleza me pegara, laçara meu coração que doía de ternura por nós dois – seu corpo negro, molhado, imóvel, calado e eu mesma éramos um. Quanto mais vasta a distância do horizonte – pois eu imaginava a linha móvel, lançando-me para a frente, nunca alcançando o fim –, mais me apequenava.

Uma humildade tão grande quanto tudo isso brotou de mim, como água cristalina da fonte. E uma dor profunda me pegou, me abraçou e me beijou. A dor do belo, do bom, do eterno. A dor amiga que dispensa consolo, pois nos abriga com a eternidade. A dor desejada, sem palavras, sem lágrimas. Era o amor.

Ele ali, abençoado por pequenas gotas, abençoado pela vastidão dos céus chumbados, pelo meu olhar de coração embevecido... pela tarde calada. No rochedo cinza como a tarde, ele soldava os pés nus. Era a certeza de seu saber-se único, negro, só e belo.

Eu, no meu mais profundo silêncio e imobilidade, não queria mudar nada, recusava-me a dar um passo sequer, quebrar aquele instante, presente do Criador. Eu e ele éramos um! Não só isso, mas ele, eu, a neblina, os rochedos, o mar e os céus. Isso me devolveu a solidez, ainda que etérea, do meu ser. Quisera tanto dizer-lhe disso. Mas a palavra divide. Eu seria eu, e ele seria ele novamente. O encanto se quebraria.

Deixo-me então ficar levando-o comigo no coração, para sempre. Vou aos poucos, devagar, pelo caminho afora, rumo à civilização. Sigo a pequena estrada que leva ao pontilhão, enquanto a chuva cinza cai, pulverizando sua magia única naquela tarde única, naqueles seres únicos viventes e silentes: eu e o corvo.

JUÍZO FINAL (TÍTULO INICIAL)

Dia negro aquele. A grande mãe surgiu no horizonte, mas diferente de outras vezes em que se derramava em alimento sobre nós como maná. Estendeu uma parte de si sobre nosso habitat, mergulhando nele como que uma extensão, cuja ponta sugava porções de substância, levando nosso alimento.

Repetidas vezes algo semelhante a franjas flexíveis, mas firmes, alcançava o chão e revolvia-o, não ficando pedra sobre pedra. A luz turvava-se numa grande turbulência. Nossa pressão atmosférica modificava-se à medida que aquele buraco negro tragava nosso oxigênio líquido. Um peso mórbido em nossos corpos inundava-nos de pânico ante um extermínio iminente.

Mesmo assim, paradoxalmente, nos movíamos mais velozes, como que fortalecidos pela iminência do extermínio, gerando o caos. Os poucos que não foram levados aos céus, onde sumiam engolidos noutra dimensão, permaneciam em completo desespero, na angústia crucial de serem salvos das garras da morte.

Entretanto, de tempo em tempo, o céu se derramava sobre o planeta, devolvendo nossas substâncias, desta feita, purificadas. Porém, isso significava que mais uma vez as franjas enrijecidas como garras tornariam a revolver o chão, pedra sobre pedra.

Isso se repetiu em vezes que pareciam infindáveis. Até que o céu começou a derramar tão somente cachoeiras de substância purificada. Nossos companheiros foram devolvidos ao nosso convívio, sãos e salvos, e a luz voltou a brilhar, límpida como nunca.

Um doce murmúrio de borbulhas inundou nosso mundo, e o maná voltou a cair, paz eterna à nossa boa vontade.

Título definitivo: Limpando o aquário

CONCEPÇÃO[9]

Era Netuno talvez, com seus anéis gasosos à sua volta. Eu me continha e detinha num furo nanométrico, onde a gravidade era nula. Ali me deixava fluir ao sabor do que fosse, a isso me fundindo, em cada possibilidade efêmera do acaso, sem me deter no maravilhamento, no apego ou na indiferença. Isso poderia se chamar de agora cósmico.

Flutuava fora da órbita um grão de pó, numa poeira escura deslocada, que teimava em seguir a direção contrária ao fluxo circulante e orbital do cinturão poroso de Netuno, como que atraído ao centro, e guiado por um raio magnético num círculo imaginário.

Eu ninava minha consciência ao embalo do delicioso som da rotação orbital de Netuno e seu cinturão micro granulado de gelo metano. Era um som oco que, em outras orbes, chamariam de silêncio, porém um hálito soprado imperceptível aos ouvidos parecia me envolver, como cotilédones, em sístole e diástole, pulsando em mim mesmo um som de vida binário "Eu sou".

Apenas isso me bastava, eu era algo pleno. Um nada, em termos de massa, apenas um vivente, individuado por meu próprio sopro, mas opondo-me, por força de reconhecer-me. Entretanto, o pequeno grão de pó tinha poder, e, por conseguinte, uma nano consciência. Remava contra a maré da entropia.

---

9   GENECCO, Irene. Concepção. **Revista Mar de Lá**, Paranaguá, 8. ed., 2023. Disponível em: https://revistamardela.wixsite.com/mardela/selecionados. Acesso em: 17 abr. 2023.

A solidão destas paragens tinha as profundezas dos abismos infinitos, nos quais tantas vezes despenquei em autossonolência induzida, ou em outras tantas vezes flutuei por neons em abençoada errância. Porém, já nada era igual. Existia uma vontade soberana remando contra a maré dos abismos, como se possível fosse os ponteiros de um relógio inverterem por conta própria o rumo de seus destinos implacáveis.

Eis que de repente sou tragado por sua órbita contrária e sinto a revolução de um ciclone me impulsionando o âmago do meu ser. Éramos agora parceiros, eu e o grão de pó. Nosso poder se fundiu, simples e leve como uma gota d'água que se funde noutra gota.

Este novo poder aliado nos lançou fora e além do cinturão, jogando-nos a flutuar, como uma caravela nos mares gasosos de um lugar turbulento e desconhecido. Uma pele densa passou a crescer e a encobrir-nos, como se fôssemos uma moringa a deslizar num túnel escorregadio. De dois impulsos éramos agora um só ser, chamado corpo. Olhos, ouvidos, nariz e boca se delinearam.

Nos apegamos um ao outro, como um náufrago a outro náufrago, mas ambos sucumbimos ao eclodir incessante de bolhas translúcidas, fibras e cordas, tecidos e líquidos, paredes, cilindros, cartilagens e ligas gelatinosas. Pernas e braços se delinearam. Estranha e inexplicavelmente eu já não era mais apenas num lugar, mas também, simultaneamente, no lugar do outro e vice-versa.

Minha consciência era simultânea, trilhando uma rede elétrica luminosa de sinapses infindáveis eu-tu, até que já não mais identifico o tu, mas apenas o eu... Isso forja, como num metal maleável, um ser unívoco, uníssono, único, meio curvo, lembrando uma ferradura, ou a letra "C" invertida, que cresce e se desencurva ao passar de um tempo incalculável para algo que ainda não é.

Um oco escuro me circunda, como uma caverna um tanto inóspita, mas um pouco acima e ao lado paira uma luz láctea translúcida e silenciosa que me vela, paciente e amorosamente, aguardando o momento certo para acoplar-se e fundir-se à minha densidade. Talvez a lua tenha circundado o planeta umas três vezes, em cada uma de suas quatro fases, até o momento esperado.

E então a luz funde-se em meus grânulos celulares, derramando-se prazerosa e esfuziante, dando-me unidade e integridade, fazendo-me definitiva e verdadeiramente um ser. Uma onda de êxtase eclode em minha carne, e um gemido orgástico e profundo emite embriagada e femininamente emocionada os sons "Eu consagro a vida!". E eis que sou feito um ser vivente, comensal, gregário e inconformado chamado mulher.

ENTRE DOIS MUNDOS

I – Em alhures

Em meio à escuridão da noite e ao silêncio de mim mesma, escuto apenas os ruídos da mata. Adentro no cri-cri dos grilos, no sopro do vento, e nos estalos de folhas secas pisadas por algum animal noturno. É nesse som que os insetos machos chamam as fêmeas ou alertam o grupo para a presença de predadores. Esse cri-cri tem um nome – estridulação. Quero adentrar no espírito da mata, mergulhar no cheiro da terra, ver a escuridão como se fora meio-dia. Mas sou barrada pelo vício de vagar o pensamento em tolas minúcias. Meus pensamentos jorram sem parar. Porém, meu forte senso de disciplina me chama num repentino grito: cala-te!!

É a força do espírito guerreiro que modela disciplina, não obstante meus momentos de tropeço. Expulso aos poucos as incongruências e vou formatando novamente meu casulo de silêncio. Às vezes alcanço outras dimensões, para logo cair no peso da corporalidade. Aprendi nos rituais xamânicos que o mundo dos sentidos é ilusório e nos absorve em sua concretude, construindo uma barreira ao transcendental. Para transpor essa barreira, é preciso intuição, por natureza, desapego e disciplina. É preciso sair do senso comum e conectar-se com os espíritos, através de rituais ancestrais.

Sinto-me cortada ao meio, entre o mundo dos sentidos físicos e o mundo do invisível, neste finito e infinito desconexo – corpo e alma. Mas o que brota nos rituais é algo que jamais será expresso em língua humana. Falo sobre a infinitude do Grande Espírito, deus desta aldeia e do universo cósmico, manifesto em vida, no que se vê e no que não se vê. Ele habita no existir, tramado num tecido infinitamente elástico, de onde a consciência de ser emerge. É minha pele. Todo o conhecimento está escrito nesta pele etérea e volátil do invisível aos olhos. E me dobro e me desdobro, como uma onda desmesuradamente grande de conexões, num oceano cósmico. Mas meu sentir me rouba a primazia do pensar e vice-versa. Quero me unir num só ato de ser.

Apesar de já há cinco anos imersa entre nativos, estudando e pesquisando a cultura indígena, oscilo ainda entre minha identidade citadina metropolitana e uma nova concepção de ser. Sendo eu mulher, multiplicam-se meus desafios em meio ao monopólio masculino no xamanismo. Porém, este senso poluído vai sendo transmutado em novos hábitos, novas disciplinas e novos focos de concentração. Aos três anos de imersão na aldeia, desisti de meus procedimentos científicos metódicos e mergulhei no caminho do autoconhecimento. Minha escolha dá-se numa nova concepção da verdade: o caminho ao Grande Espírito. Na minha compreensão mixada de culturas, este caminho é um processo gradual de desconexão do domínio dos sentidos físicos e uma reconexão com o sagrado incorpóreo do espírito. Sem essa mudança de foco, a visão de mundo permanece na superfície. Para atingir meu propósito, mergulho mais fundo em alguns rituais, longos períodos de jejum e no treino do silêncio absoluto. Minha busca inalienável é descobrir o poder da mente no caminho da autotransformação.

Alcanço com mais facilidade estados alterados de consciência no jejum e no silêncio. Estes são meus instrumentos de observação mais valiosos. Meu agora, nesta noite escura, é transcender e levitar entre silêncio interior e ruídos noturnos, num jejum que ultrapassa já mais de 20 dias. Um senso inusitado de leveza me conduz à visão de um corpo livre da opacidade da concretude. Mas volto inadvertidamente aos grilos, às folhas secas, à cúpula de um estrelado céu a cobrir meu corpo. Tombo na terra que me traga nesta madrugada fria. Quero estridular.

Vou bebendo do meu cantil pequenos goles de água pura da colina, ritual contínuo que me leva e me eleva à travessia de consciências. Senti-la quase a conta-gotas descendo na garganta vai limpando estes lapsos de intervenção de memórias sobre meu passado. Oscilo entre um breu total e a luz esfuziante de novas revelações. Não é delírio. Delírio é o caos dual entre ser e não ser, no habitat artificial do mundo civilizado.

Tudo na percepção do espírito é absolutamente presença. Este é o ápice do propósito de minha imersão, a chegada ao topo da montanha. É preciso ficar atenta a estes momentos intermitentes de insights até que sejam plenos de poder benigno e se tornem inalcançáveis por qualquer tipo de dúvida. Esta é minha condução firme, na compreensão do xamanismo, no que posso alcançar. Nesta janela devo dar o grande salto, e me apropriar da liberdade do espírito, para exercê-la na plenitude do Amor. Ideia pura. Estou aprendendo a ascender à consciência pura. Meus incipientes conhecimentos em metafísica unindo-se à minha incipiente intuição.

A água me parece agora grânulos de cristal, traçando um corredor insólito para dentro de mim. Devo vê-la, senti-la e absorvê-la no poder do Grande Espírito. É a compreensão limpa sobre Ele que Dele me aproxima, e me revela incongruentemente que Dele nunca me afastei. Este *Ele* não se refere a gênero, mas à infinitude do ser, manifesto no existir. O Espírito é a substância única que a tudo preenche e unifica em ideias puras. Flui como água viva. Ele é a causa única, cujo efeito sanador cura e restaura o senso da Verdade, no espírito humano. Meus sentidos mortais vão decrescendo. Uma nova terra desponta num horizonte novo. Ouvir com a pele, ver com os ouvidos, sentir na saliva o perfume das flores, e tudo saborear com a alma descosturada dos ossos.

Mergulhada num repentino silêncio de tudo, como uma fenda entre o real e o irreal, tenho um insight profundamente revelador: a voz da intuição é impessoal, não me pertence e a ninguém jamais pertenceu, nem pertencerá. Vejo-me num agregado de aprendizados entre povos e eras, ao longo de um tempo que me parece imensurável. Nada me pertence, a não ser a dor, o espanto e a vontade férrea de prosseguir. Persistência é meu legado de retribuição. Minha individualidade vai sendo substituída por algo mais amplo. Minha história pessoal soa a uma absurda fábula, cujo personagem principal vai se apagando até sumir. Ainda assim e mais do que nunca, um *Eu sou* entranhado em minha pele por vestígios culturais religiosos emerge, me consola e me abriga.

Meu corpo picado de formigas me chama e me aterrissa, desta feita em outra língua. Vou cavando algo que transcende a divisa entre corpo e o que minha mente mais elevada entende de corpo. Um deus cristão de braços dados com o deus ancestral nativo sopra sobre mim. Fico na divisa entre corpo e alma, e isso é bom. Avanço na direção da alma. Vão se abrindo frestas entre o físico e o metafísico. Um sussurro brota dos meus poros, que são agora ouvidos e boca. Neste exato momento sinto-me despencar!

II – Língua estranha

Mal podia me mover pelo meio da rua de pedras irregulares, desgastadas e escorregadias. De ambos os lados podia ver entradas de lojas, algumas térreas, com seus toldos coloridos, outras de dois andares, sobrados estilo colonial. Num ou noutro prédio sobressaíam pequenas sacadas de ferro torneado, e portas de venezianas velhas, com vidros coloridos, cobertos de pó. Telhados de barro, esverdeados pelo musgo da umidade de muitos anos, denunciavam a fragilidade do sol, no dia a dia da cidade. De um lado ele batia, ainda que tímido, e de outro a sombra dos prédios se projetava, desenhada no

chão das calçadas e invadindo a rua. Perfis escuros, seccio-
nados por raias de sol filtrado nas divisas entre uma casa e
outra, traçavam arabescos incompreensíveis. Parecia um
tapete vivo de luz e sombras, e à medida que o sol se movia
iam desconfigurando os ângulos, de agudos a obtusos, e de
obtusos a agudos. O que era grande se apequenava e o que
era pequeno se agigantava.

A atmosfera de burburinho, um vai e vem tumultuado
e desordenado, lembrava um imenso mercado público. De
alguma forma me trazia à lembrança, ao mesmo tempo, cenários de um mercado persa, visto em filmes. Porém, algo em
minha percepção contradizia essa lembrança. Não era um
mercado persa.

Comecei a sentir um desconforto. Via-me perdida. Que
lugar é este? Mulheres de meia-idade de corpos robustos,
e jovens esguias de vestidos longos e leves, deslizando e
modelando seus corpos firmes e belos, em cores diáfanas,
azuis, amarelos, verdes, vermelhos e brancos. Peles brancas, algumas quase azuladas, outras negras, ou amorenadas.
Cabelos crespos, ou lisos, negros ou louros, amarrados, ou
soltos, balançando até a cintura.

Homens de terno, alguns com chapéus de feltro, outros
malvestidos transpirando em camisas de saco, e carregadores
de cargas das mais variadas. Carrinhos de mão com verduras
transitavam em zigue-zague, e caixas grandes de papelão eram
levadas em ombros descamisados. Meninos quase maltrapi-
lhos, descalços e sujos se infiltravam na multidão, como que
fugindo de uma perseguição, ainda que apenas suposta pelos
seus medos. Meninas distraídas, voltando a cabeça para trás,
com suas tranças e vestidinhos engomados, levadas um tanto
arrastadas pelas mãos das mães apressadas.

Guardas de uniforme azul escuro e chapéus de mágico,
tipo altas cartolas, exerciam múltiplas tarefas, parecendo nelas
ocultar suas tão fantásticas manobras. Nunca revelam suas

manhas e truques, dado o encantamento e a hipnose a que submetem seus espectadores. Porém, não estavam ali agora como mágicos, mas como guardas da ordem de uma multidão de transeuntes, em direções contrárias. Perfilavam-se em algumas esquinas, andavam devagar com olhar atento pela rua afora. Com uma certa angústia, junto a uma curiosidade crescente, aumentava em grau meu desconforto. Não me contive e resolvi interpelar um transeunte:

— Que lugar é este?

— Westfangerwent.

— Como?!

— Kandtuskyfrinkie!

— Que língua é esta?!

Silêncio e indiferença, como se eu não existisse ou estivesse invisível. Continuei a perambular, em busca da chave daquela charada. Mas minha angústia foi se transformando em impaciência e irritação. Comecei a interceptar transeuntes e a vociferar, exigindo uma explicação em altos berros:

— Que lugar é este?! Quem são vocês?!

Alguns respondiam, mas no mesmo tom cifrado incompreensível. Mas aos poucos parecia que um sentido ia se formando nas respostas. Uma hora, pensei ter escutado algo como "Madagáscar", mas era apenas a parecença, num amontoado de ecos que se imiscuíam. Continuei caminhando e cheguei a uma alta grade de ferro com um portão, no fim da rua. Não era realmente o fim, mas uma grade de interrupção ao trânsito público. Lembrava o acesso a uma grande área, de propriedade particular. Um guarda que ali se encontrava abriu o portão para que eu entrasse, e outras pessoas que vinham em sentido contrário pudessem cruzar para o lado do qual eu vinha. Percebi que ao fim do espaço no qual eu acabara de entrar não tinha saída. Era como uma curva de U, sendo que ao fundo de sua curvatura havia outro grande portão de ferro, alto e preto, guardado por um homem de uniforme escuro.

Passando por mim, em sentido contrário nessa primeira entrada, vinha uma mulher robusta, de porte médio, pele cor de cuia, bochechas redondas cheias, olhos negros e grandes, que me fitaram com profunda doçura. Tinha cabelos negros, feitos em duas tranças que lhe caíam por cima dos ombros, quase até a cintura. Ela parou e eu parei à sua frente. Indaguei abruptamente e com fúria:

— Que lugar é este?! Quem são vocês?! Por que ninguém me responde?!

Ela ficou em silêncio, parada à minha frente, mas já fazendo menção de seguir seu caminho. Como eu insistisse, quase em desespero, ela assentiu em responder. Direcionou o dedo indicador ao meu peito, e o tocou. Percebi que ela me respondia, mas não com a linguagem habitual falada. Sua boca e seus lábios não se moviam. Ela falava com os olhos. E, à medida que fluía do fundo negro dos seus olhos a fala mansa e triste, uma profunda dor foi se descolando do meu peito.

— Nós somos o teuuuu gritooooo!

O som de sua voz se dava como em movimento de câmera lenta, compassando a expressão "teu grito", num eco comprido, pressionando mais forte o dedo no meu peito. No tempo do voo de uma flecha fulminante, ou de um raio, cujo estrondo não mais estaremos vivos para ouvir, compreendi tudo. Meu corpo todo se afrouxou, e minha consciência resistiu a aceitar o que se mostrava já estar compreendido. Entretanto, não alcançava mais a possibilidade de ignorar. A realidade jorrou, captada em cada significado assustador da verdade. Todas aquelas pessoas eram eu.

III – Miríades de mim

Vivências anteriores desapercebidas, aninhadas na inconsciência, fazem-se em mim um aglomerado de percepções inominadas. Querendo ou não, essa tropa de invasores não convidados se agrega ao meu eu de agora, e soma-se aos tantos outros sentimentos já em desalinho, nesta vida. Minha individualidade tão amada se trinca e se esfarela em múltiplos indivíduos, até então "outros" para mim. Mas agora, crianças, meninos, meninas, jovens, velhos e velhas são pedaços de mim. Não bastando isso, também me sinto nas coisas. Casarios sombrios, almas fugidias, ruas estreitas, calçadas tortas e desgastadas, caixotes de papelão, carrinhos de mão. E o mofo nas vidraças e as vidraças turvas.

Todos os perfis, de pessoas ou coisas, no seu sentir concreto, afloram em puras, indecifráveis e assustadoras emoções. Luz e sombra se entrelaçam num entardecer nublado pelo espanto da minha alma, agora reconhecida numa miríade de consciências, nesta fração de tempo. Em meio disto, começo a entender com mais clareza o significado da expressão *Eu sou*, em seu antes incompreendido senso de onipresença divina.

É um cenário perturbador, visto assim, no seu conjunto inusitado. Luz e trevas, sem tradução à minha compreensão presente, estavam confinadas em fatos fugidios naquele lugar. Eu sou o menino assustado, o homem vestido de saco e o mágico ilusionista que exerce o papel de guarda. Sou cidade de portões de ferro e menininha curiosa arrastada pela mão da mãe.

Abominável me era a ideia de perder-me num oceano de possibilidades. Certeiro sempre foi meu eternizar-me no dia a dia, num esquecer-me que sou pó. Entretanto, *ama a teu próximo como a ti mesmo* faz-se agora claro como o amanhecer. Condenar o outro é condenar-me. Sou eu diante de mim, antes e depois de mim, mas imperceptível a mim mesma até então. Morre este mim, numa repentina explosão nuclear. Algo se derrete em lágrimas, dentro e fora. Não sinto amor. Parece-me ter virado pedra. Sinto um peso de chumbo no meu corpo.

Estou num único agora corpóreo, talvez pela primeira vez. Entretanto, essa nova percepção nada me traz de paz e plenitude. Apenas um estarrecer e estremecer me deslocam de minhas certezas antigas, onde me sustinha. Olho para os arabescos de sombras e para o limo nos telhados de barro – mesma massa de que aprendi ser feita.

Todavia, como num inesperado oásis, sinto o frescor de uma esperança. Se todos somos um, quem me poderá julgar? E a quem poderei me arbitrar a condenar ou absolver? Somos uma só consciência se espargindo na poeira do cosmos. Algo em mim parece esparramar-se, como contas de um colar rompido. Um senso de inocência desponta, e me fala de esperança. Um silêncio absoluto de questionamentos me invade. Minha profunda absorção em busca de razões me esgota o querer encontrar razões. Decido ir adiante. Caminho em direção à segunda entrada, que leva à curva do "U".

A mulher que falava com os olhos sumiu, atrás da multidão. Deparo-me em frente ao portão que dá entrada a um pátio ajardinado, de onde emerge um prédio enorme, de escadarias brancas, portas de carvalho, esculpidas com perfis de leões e espadas cruzadas sobre flâmulas. Preciso entrar, mas o guarda está a postos, na entrada do portão. Acredito que de algum modo me fiz invisível, pois me vejo diante da porta da frente, que está entreaberta. Entro devagar no ambiente em penumbra. É um hall grande, e o chão de tabuão escuro e lustroso me é familiar.

O contorno de sofás e outros móveis, cobertos com lençóis brancos, lembra um lugar inabitado, à espera de um retorno provável, ou de um abandono definitivo pelo seu proprietário. Lembra-me um museu, por vezes. Ao fundo uma larga escadaria de mármore branco, coberto com trilho escuro. Um corrimão dourado direciona-se acima, em curva para a direita. Me indago o que poderá ser este ambiente onde me encontro. Parecendo que as próprias paredes falam, entendo que é a casa do envelhecer.

É um ambiente com pouca luminosidade, silente como esperanças de um futuro, que se aquietam até não mais ouvir clamor nenhum, ao perceberem-se no campo da decrepitude. Olho para trás. Vejo-me imiscuída num mar de erros, que se sucedem e me enleiam indiscriminadamente. A velhice é um retomar das falhas do passado, supostas ou reais. Permaneço no hall, pensando em sentar-me, mas é impossível, pois lençóis empoeirados cobrem todos os móveis. Retomo pensamentos sobre minhas culpas, que tantas me parecem, aqui na casa do envelhecer. Como pode a eternidade envelhecer? Como pode a morte exterminar a vida ou da vida proceder a morte? *[...] pode uma figueira produzir azeitonas ou uma videira, figos? Da mesma forma, uma fonte de água salgada não pode produzir água doce.*[10] Percebo que causa e efeito se contradizem no absurdo da sabedoria humana. Sinto-me extremamente só.

De repente, lembrei. Ou fui informada pelas paredes, sombreadas pelo anoitecer chegando. Ali era também a morada dos meus gritos sufocados. Um certo alívio me compraz. Um desejo me impulsiona a jorrar pela garganta um imenso e desbragado grito, meu e de todos os seres desta cidade brumosa e fantasmagórica. Mas na casa do envelhecer já não se encontra força suficiente para gritar. As cordas vocais parecem enrijecer-se, talvez pelo pouco exercitar-se ao longo da vida. Mesmo assim comecei a desprender um som, a princípio meio seco, rouco e fraco.

Porém, brotava junto desse impulso de gritar o medo de atrair estranhos. E se me apedrejassem? Não tinha sido eu, de contínuo, traidora de mim mesma? Neste grito em potencial brota também o medo de me romper, esmagar-me sob toneladas de águas vividas, trazendo em si mesmas o peso insuportável das culpas. Seria um adeus ao direito de exercer-me. Adeus, vaidade de esculpir-me e apreciar-me como ser vivente! Mas o que de fato mais temia era me apagar de mim, fundir-me numa massa indiscriminada, sem nunca mais poder apreciar meu reflexo e dele me envaidecer. Reconhecer

---

[10] Tiago 3:11,12.

a tirania de um ego mortal e a ele sucumbir ainda me era mais aceitável do que desaparecer. E o grito minguou.

Mundo de conceitos, mundo vazio, no qual se desnuda possível apenas uma relação de partes, nunca por inteiro. Vivemos no reino da suposição, onde o governo é exercido imperativamente pela incerteza. Volto-me para o guarda, na entrada da casa do envelhecer, e pergunto onde sai a escada que conduz para o piso de cima. Ele responde do mesmo modo incompreensível, mas no fim ouço algo parecido com "morte". Entendo também que ele tenta me esclarecer que a escada é a única saída deste lugar. A porta por onde eu entrei não permite volta. Quero confirmar com ele se eu de fato entendi direito e se realmente ele fala em morte. Mas ele já sumiu. A beleza da escadaria é misteriosa e me atrai. Resolvo subir.

IV – A unificação

> *É a Metafísica, não a Física, que nos capacita a permanecer inabaláveis em sublimes altitudes, contemplando o imensurável universo da Mente, perscrutando a causa que governa todos os efeitos, ao mesmo tempo em que somos fortes na unidade que há entre Deus e o homem.*
>
> *(Mary Baker Eddy – 1821-1910)*

O topo da escada desemboca numa pequena sala, sem janelas, envolta em penumbra, onde se encontra uma menina de uns 12 anos. É minha filha caçula, mas também sou eu. Tem o cabelo amarrado e está em pé, em frente a uma vela acesa sobre uma mesa. Ela parece estar se conectando com todos os tempos, através da chama trêmula de um fogo que não consome. Percebo que esta minha consciência unificada a gerações passadas, nesta cidade insólita, não se restringe ao passado, mas se estende também para o futuro. Aos fundos da sala tem uma pequena porta. Ando até lá e vejo que se abre para o interior de uma majestosa igreja, inteiramente vazia. Entro.

Percorro os nichos dos santos nos corredores. Todos, embora imóveis, têm vida como gente, mas me ignoram. Cochicham entre si e nisto percebo que fingem que me ignoram. Seus rostos são pálidos e vazios. Parecem sem alma, olhos vítreos, sem direção, mas percebo neles um fôlego contido que os faz parecer vivos, aprisionados no barro que os contém no andor. Bem ao fundo, central e distante, está o altar com sua cruz. Deslizo pelo corredor, entre fileiras de muitos bancos vazios. Inesperadamente, sinto-me levitando para a frente, muito rápido, a uma pequena altura do chão. Não sei se sou eu correndo a encontrar o Cristo ou se ele velozmente vem ao meu encontro, pois também parece levitar. Quando paramos um frente ao outro, olho com atenção sua barba escura, seus olhos moribundos, e tomada por grande decepção vejo que é uma imagem esculpida em ouro maciço. Imagino seu peso descomunal. E o cansaço me invade.

Me afasto, a perambular pelos corredores. Divago sobre o Cristo em ouro, porém sou repentinamente interrompida por um forte estrondo de queda. O crucificado desaba com sua cruz de seu andor para o chão, numa ressonância seca. Me aproximo e espio. O Cristo feito à imagem humana sequer é de ouro, mas de isopor dourado, esfarelado no chão. Alguma coisa em mim também parece esfarelar-se. Mundo de falsos deuses, imagens fictícias. Barro e metal. Tenho sede de água viva. Onde fica minha morada?

Volto ao mar revolto de pensamentos contraditórios, ponto de partida para onde se retorna, no círculo do existir, quando titubeamos. Quisera ver a escuridão como se fora meio-dia. Mas sou barrada pelo vício de vagar o pensamento em tolas minúcias. Meus pensamentos jorram sem parar. Porém, meu forte senso de disciplina me chama num repentino grito:

– Cala-te!!

Eis o tempo picotado, fundido na enormidade vazia deste templo de um cristo falso que se esfarela em falso metal. Deste pó nada vingará. Meu reino não é deste mundo. Vertendo em paz nunca então vivenciada, mergulho no silêncio pleno de presença num *Eu sou* de um verdadeiro Deus.

Cristo é sobrenome dos filhos do Grande Espírito. É a íris do olho cósmico impessoal, onipresença do Amor! Ser um ou ser miríades já não importa, *Porquanto a sabedoria deste mundo é loucura aos olhos de Deus.*[11]

Cruzo uma porta em arco, numa lateral para a saída. Eis o topo da colina! Tento pôr-me em língua humana, mas não existe palavra que possa definir a onipresença do amor. Caminho à lateral de um córrego cristalino, colina abaixo, de onde avisto a cidade grande. A voz do Grande Espírito faz-se ouvir em perfume e brisa: *A quem enviarei, e quem há de ir por nós? Disse eu: eis-me aqui, envia-me a mim.*[12]

---

[11] 1 Coríntios 3:19.
[12] Isaias 6:8.